동미

BERLIN

CONTENTS

PART 3 베를린의 여름

PART 4 문득 이런 게 사랑이구나 싶었다

베를린에 처음 간 건 13년 전이다. 어두운 기차역에서 하얗게 빛나던 내 슬리퍼가 생각난다. 무릎까지 올라오는 가죽 부츠에 미니스커트를 입고 가고 싶었지만, 금이 간 발가락에 붕대를 감은 상태였다. 가죽 부츠는커녕 고무신도 안 들어갈 만큼 발이 부은 터라 안트베르펜 호텔에서 신던 하얀색 슬리퍼를 잘라 신고 갔다. 힐끔힐끔 쳐다보던 사람들. 유럽인들은 남 일에 신경 안 쓰는 쿨한 사람들인 줄 알았는데, 아시아 여자를 처음 보는 건지, 슬리퍼를 한쪽만 신은 내가 애처로웠는지 대놓고 쳐다봤다. 베를린행 기차를 기다리는 역에서, 나는 몰골이 말이 아니었다.

그래도 베를린에는 두 팔 벌려 맞아준 친구들이 있어 외롭지 않았다. 그들은 전 세계로 서브컬처를 실어 나르는 독일의 아트 커뮤니케이션 조직 '플래툰'이었다. 잡지 <블링> 편집장으로 일할 때 서울에 온 그들을 만나 막역한 사이가 되었다(지금은 한 시대를 풍미하고 잊혀진 존재가 되었지만). 그때 나는 유럽 여행이 처음이었다. 유럽 초보인 주제에 플래툰 친구들 덕분에 진짜 베를리너가 된 기분으로 다녔다. 다만 발가락이 다 낫지 않아 걷는 게 평상시보다 한참 느렸다. 처음엔 조바심이 났지만 느린 걸음 덕분에 두 번 세 번 봐야 이해가 되는 것들을 천천히 오래 볼 수 있었다. 모든 것이 새로운 도시, 베를린과 나는 금세 사랑에 빠졌다.

베를린을 향한 짝사랑은 거침이 없었다. 책을 내고 싶다는 계획까지 세운 채 돌아온 지 두 달 만에 다시 베를린으로 갔다. 그런 겁 없는 결심을 할 수 있었던 건 순전히 플래툰 친구들 덕이었다. 그들이 있어 까다로운 섭외와 취재도 잘 마칠 수 있었다. 12월의 베를린은 징글징글하게 추웠다. 오후 4시면 해가 졌다. 베를린의 겨울은 우리나라처럼 화끈하게 춥고 해가 쨍쨍한 겨울이 아니라, 으슬으슬하게 춥고 해는 일주일이 지나도 뜨지 않는 그런 잿빛 겨울이었다. 이를 악물고 취재를 했다. 쓸쓸한 관광지를 찍고, 숙소에 돌아오면 씻지도 못하고 쓰러졌다. 많은 곳들이 바뀌고 기억에서 사라졌지만, 10년도 더 된 그 겨울의 감각은 지금도 생생하다. 서울로 돌아온 이듬해(2008년)에 인생 첫 책 <다시 베를린>을 냈다.

베를린에 도착하면 항상 호텔이 아니라 친구들이 있는 알트 베를린 바(Alt Berlin Bar)로 먼저 갔다. 바 한쪽 구석에 트렁크를 밀어두고 맥주부터 마셨던 날들. '시차는 이렇게 이겨 줘야지' 하는 마음과 반가운 얼굴이 가득한 밤이었다. 하지만 12년이 지난 지금, 뜨겁게 반겨주던 그 시절의 친구들은 모두 멀어졌다. 평생 결혼 따위는 안 할 거라고, 애를 낳는 건 인생에서 가장 지루한 일이라고 말하던 크리스토프는 어느새 아들을 둘이나 낳았고(심지어 셋째도 갖고 싶다고 했다), 책을 만들 당시 도와줬던 패셔니스타 주디도 어느새 예쁜 딸을 낳아 키우고 있다(역시 결혼은 안 한 채로). 그런가 하면 돈이 생기는 족족 디스코 레코드판을 사 모으던 디제이 후니(@hunchmusic)는 저러다 딱 굶어 죽지 싶게 가난했는데, 지금은 유럽과 미국, 아시아 여러 도시에서 초청받아 하루가 멀다 하고 날아다니는 인기 디제이가 되었다(지금은 코로나19 때문에 모든 게 정지됐지만). 다른 독일 교포 친구들도 대부분 결혼을 하거나, 아이를 갖거나, 독립해서 회사를 차려 바쁘게 살고 있다. 많은 독일 친구들과 연락이 뜸해졌고, 이제는 베를린에 가도 한 번 볼까 말까 한 사이가 되었다.

2014년, 3년 만에 다시 베를린을 찾았을 때, 예전 같지 않은 친구들과 환경 속에서 나는 조금 외로웠다. 아무것도 모르고 추위 속에서 이를 악물고 견뎌야 했던 이전의 외로움과는 다른 쓸쓸함이 밀려왔다. 우리는 더 이상 테크노 클럽에 가지 않았고, 미친 듯이 술을 퍼 마시지도 않았으며, 암호를 받아 입장하는 비밀 파티에도 가지 않았다. 대신 놀이터에 아이들을 풀어놓고 한쪽 벤치에 앉아서 아이들이 뛰노는 모습을 쳐다보며 소소한 이야기를 나누었다. 나만 결혼도 안 하고, 아이도 없고, 아무런 변화도 발전도 없이 과거에 머물러 있는 것 같았다. 결혼하지 않은 걸 한 번도 후회한 적은 없지만, 이렇게 친구들과 멀어지고 추억은 뒷방에 쌓이는 게 쓸쓸했다.

여행작가로 살면서 자유로운 삶에 만족했다. 물론 프리랜서로 일을 시작한 처음부터 모든 것이 순조로웠던 건 아니다. 서른네 살, 준비가 안 된 채 시작한 프리랜서의 삶은 힘들었다. 잡지사에 있을 때나 에디터였지, 소속 없는 프리랜스 라이터는 대접을 받지 못했다. 선배들이 소소하게 원고 쓰는 일을 맡겨 주었지만 생계를 이어 가기에도 부족했다. 결국 나는 프리랜서로 독립한 두 번 모두 살아남지 못하고 다시 잡지기자로 돌아왔다. 하지만 마지막에 일하던 잡지 <프라이데이 콤마>가 폐간되면서 나는 타의반 자의반 다시 프리랜서가 되었다. 프리랜서로서 세 번째 도전이었다.

처음이 아니어서였을까? 아니면 좀 더 준비가 되어서였을까? 프리랜서로 일하는 것이 더 이상 두렵지 않았고 잘할 수 있을 것 같은 자신감도 들었다. 무엇보다 여행작가로 살겠다는 확신이 섰다. 길을 찾으니 해야 할 일들도 분명해졌다. 필요한 카메라 장비를 사고, 도움 될 인맥을 쌓고, 꼬성으로 맡은 일들도 3년 넘게 이어갔다. 그렇게 안착한 여행작가의 삶은 대체로 행복했다. 다양한 나라를 초대받아 다녔고, 혼자 하는 여행도 두렵지 않았다. 한두 달씩 다른 도시에 살며 새로운 세상을 탐험하고 책도 썼다. 다시는 회사 생활로 돌아가는 걸 상상하지 않았다. 더 이상 미련이 남지 않았으니까.

움직이는 만큼 버는 프리랜서의 삶에도 무료해지는 시기가 있다. 나에게도 그런 때가 왔고, 때마침 회사 생활에 지쳐 있던 20년 지기 친구 안정아와 함께 경리단에 작은 바를 차렸다. 6개월만 일하고 나머지 6개월은 놀자는 바람으로 만든, 이름하여 '식스먼스오픈'이었다. 상호의 아이디어도 베를린의 어느 야외 바에서 얻었다. 슈프레 강가에 있던 그 바의 주인들은 날씨가 좋은 계절(5~10월)에만 문을 열고, 겨울엔 따뜻한 곳으로 여행을 떠났다. 10년 전 취재를 하면서 세상엔 이런 데도 있구나, 이렇게 사는 사람들도 있구나 하며 놀랐던 곳이었다. 일주일 휴가도 눈치 보면서 내던 내게 그 주인들은 한없이 부러운 대상이자 '선진' 삶의 표본이었다.

그런데 바를 열고 1년도 안 돼서 친구가 (또!) 결혼을 했다. 바에 놀러 오던 긴 머리 남자와 연애를 하더니 6개월 만에 결혼을 했다. 친구에게 홀딱 반한 그 남자는 문 닫는 새벽마다 바에 찾아왔다. 헐레벌떡 뛰어왔는지 바싹 마른 입술을 하고서. 그러더니 둘은 베를린에서 1년만 살고 오겠다며 훌쩍 떠났다. 그때 나는 생각했다. 인생은 그런 것이라고. 베를린엔 가본 적도 없는 그녀가 가서 살고, 베를린 책까지 내며 뻔질나게 오가던 나는 서울에 남는, 그런 것. 0.1초쯤 억울해하다가 단짝 친구가 살고 있는 베를린은 또 얼마나 좋을까 생각했다. 그리고 다시 각별해졌다. 정아를 만나러 베를린을 다녀온 뒤로는 더더욱. 내가 지금껏 사랑했던 방식과는 또 다른 방식으로 베를린을 사랑하게 되었다.

정아의 별명은 안 병장이다. 무슨 일을 할 때 오래 고민하는 대신 그냥 해치우는 추진력이 좋아 친구들이 붙였다. 일도 시원시원하게 하고, 성격도 '꽁' 하는 법이 없다. 정아가 한 번도 가본 적 없는 베를린에 무작정 가서 살 게 된 것도, 좋게 말하면 그놈의 추진력이 좋아 그런 것이고, 나쁘게 말하면

사전 조사를 충분히 안 한 때문이다. 사전조사를 꼼꼼하게 했다면, 무뚝뚝한 베를린의 날씨나 사람을 알았더라면, 아마 여기서 살진 않았을 거라고 그녀는 뒤늦은 고백을 했다.

베를린에서 살 방법을 강구하던 정아는 "정작 자신이 할 수 있는 건 요식업이라는 걸 깨닫고", 한국 '치맥'집에서 아이디어를 얻어 가장 핫한 동네에 '꼬끼오(Kokio)'를 오픈했다. 그녀가 가게를 오픈하기까지 겪은 우여곡절을 늘어놓자면 몇 트럭 분이 나오겠지만, 여하간 성공적으로 '사업'을 시작했다. 정아는 베를린에 이렇게 많은 한국인이 사는지 몰랐다며, 베를린이 아니라 마치 이태원에서 치맥집을 하는 기분이라고 감회를 밝히기도 했다(현재 꼬끼오는 외국인에게도 인기 만점의 핫 플레이스로 통한다). 꼬끼오는 베를린에서 내가 마음을 의지할 수 있는 유일한 곳이 되었다. 우리의 추억이 담겨 있던 '식스먼스오픈'처럼, 그리고 영수 오빠가 있던 경리단의 '녹사 오리엔탈'처럼.

작년 여름 다시 베를린에 왔을 때, 뭔가 삶의 또 다른 한 챕터를 끝낸 기분이었다. 다니던 F&B 회사의 홍보 일을 그만뒀고, 글은 거의 쓰지 않는 날들이었다. 나는 조금씩 시들어서 벽에 고정된 '드라이플라워'가 된 것 같은 심정이었다. 베를린으로 향하는 비행기 안에서 생각했다. 서울로 돌아갈 땐 내가 사랑하는 여름의 태양처럼 다시 뜨거워진 마음으로 채워가고 싶다고. 그렇게 도착한 베를린에서 원했지만 기대하지 않던 여름을 보냈다. 큰 기대 없이 시작한 만남이 '사랑'이라 부를 수 있는 일이 되었고, 나는 한때 열렬히 살고 싶다고 생각했던 베를린에서 뒤늦게 사랑하는 사람과 살게 되었다. 이 책은 베를린에 책을 쓰러 왔다가 다 늦게 한 '남자'를 만나 예정에도 없던 로맨스를 쓰게 된 어느 여행작가의 에세이다. 원래 쓰려던 여행기를 접고, 부끄럽지만 소소한 사랑 이야기를 썼다. 뒤늦게 만난 중년의 연애 이야기가 뭐 대단한 게 있을까마는, 뻔한 사랑 이야기가 아니라 오랫동안 싱글로 살던 한 여자의 또 다른 삶의 과정으로 읽어주면 좋겠다. 한 남자가 아니라 한 사람과 깊이 교감하며 연애와 삶에서 새로 알게 된 것과 느낀 것들, 즐거운 한때를 기록한 이야기라고 이해해 주면 좋겠다.

그를 만난 지 어느새 1년이 되었다. 책에는 그와 함께 보낸 베를린의 여름이 담겨 있다. 기회가 된다면 베를린의 겨울 이야기도 전해보고 싶다. 이렇게 시간의 사계절을 보낸 우리는 앞으로 남은 인생의 계절도 함께 살아보려 한다. 개인적으론 이 책이 우리의 나침반 역할을 해주면 좋겠다. 그와 처음으로 겨울을 보내는 동안, 코로나19 팬데믹과 그로 인한 락다운 시대를 맞았다. 모두가 처음 겪는 이 상황이 곧 끝날지, 아니면 (어쩔 수 없이) 공존할 방법을 찾아야 할지 아직은 알 수 없지만, 이 힘든 시기를 함께 건너고 있는 남자, 스벤에게 고맙다는 말을 전하고 싶다.

스벤, 내 인생에 와줘서 고마워.

PART 1

틴더도 사랑이 되나요?

#1   몸이라도
굴려

명분은 분명히 책을 내는 것이었지만, 베를린에 올 때 미션이 하나 더 있었다. 사실 미션이라 하기긴 좀 민망하게도, 데이팅 앱인 [1] '틴더'를 시작하는 것이었다. 솔직히 내 의지보다는 정아의 극성 탓이 컸다.

"서울에서 생활하는 패턴 안 바꾸면 절대 남자 못 만난다. 천날만날 노처녀끼리 모여서 소주나 마시고, 남자 만날 생각은 하지도 않고. 도대체 어떻게 남자가 생기겠어? 일단 베를린에 와서 틴더부터 시작해. 우리 가게(꼬끼오) 오는 사람들 중에 틴더로 만난 커플도 많더라. 원나잇 하려는 애들도 많다고는 하던데, 그래도 남자 만날 확률은 확실하잖아. 우선 틴더부터 깔아."

정아가 서울에 올 때마다 내 귀에 대고 틴더 이야기를 하던 차였다. 남자도 없지만, 그렇다고 앱을 열심히 할 정도의 간절함은 더욱 없어서 매번 한 귀로 듣고 한 귀로 흘렸다.

서울에선 인기도 없는 얼굴이고, '마흔 훌쩍 넘은 여자를 누가 좋아하겠어' 하는 현실적인 마음도 있었다.

그리고 내게는 3년 넘게 관계를 맺어온 '그'가 있었다. 친구 사이인지, 섹스 파트너인지, 아니면 섹스까지 하는 친구 사이인지 어떻게도 정의 내릴 수 없는 관계의 남자였다. 누가 들으면 꽤나 쿨한 사이라고 하겠지만(나도 그러려고 노력했지만), 그를 더 생각하던 나는, 나를 덜 생각하는 그에게서 알게 모르게 상처받았다. 투명인간도 아닌 그를 아무도 모르게 만나고 있는 나 자신에게 점점 지치기도 했고. 중간에 자연스럽게 서로 몇 달간 연락을 안 하기도 했지만, 그러면서도 결국 3년이나 만난 건 그에게 뭔가를 '기대'했기 때문이라고 생각한다.

언젠간 사귈 수도 있지 않을까, 언젠간 연인이 될 수도 있지 않을까 하는 막연한 기대. 한 번도 이런 내 마음을 그에게 털어놓은 적이 없어서 그의 진짜 마음을 알 수는 없지만, 물을 수가 없었다. 그러면 왠지 그는 영원히 돌아설 것 같아서. 나는 묻지도, 헤어지지도 못하고 있었다.

"틴더 깔았어?"

베를린에 도착한 날부터 정아는 나를 들볶았다.

TRAVEL WRITER. LOVE TRAVELING, PEOPLE, SUBCULTURE AND ALL THINGS CREATIVE.

"아니 그냥 가볍게 시작하라고. 남자가 있는 것도 아니면서 왜 이렇게 천하태평이야? 몸이라도 굴려!"

"그래, 죽으면 썩어 문드러질 몸. 아껴서 뭐 하겠냐. 깔자, 그래. 해보자!"

그렇게 베를린에서 틴더를 시작하게 되었다. 앱을 깔고 영어로 내 소개를 입력했다. 프로필 내용을 새로 쓰는 게 귀찮아서, 영어 명함에 있던 내용을 그대로 갖다 썼다.

"Travel writer. Love traveling, people, subculture and all things creative."

여행작가. 여행과 사람, 서브컬처, 그리고 창의적인 모든 것을 사랑한다.

하지만 프로필 사진 여섯 장을 고를 때는 엄청 공을 들였다. 좀 더 어려 보이고, 좀 더 예뻐 보이고, 좀 더 프로페셔널 해 보이는 사진을 고르는 데만 한참이 걸렸다.

그런데 정작 나를 들볶던 정아는 유부녀라서 틴더를 이용하는 법은 알지 못했다. 틴더 초보인 나는 하나하나 배워가는 심정으로 사용법을 터득했다. 우선 주변 반경을 1킬로미터, 3킬로미터식으로 설정하고, 내가 데이트하고 싶은 상대가 남자면 남자, 여자면 여자로 표시한다. 물론 성적 취향에 따라 여자가 여자를 선택할 수도 있고, 여자와 남자를 둘 다 선택해도 된다. 이름과 나이도 넣어야 하는데, 그것도 마음대로 정할 수 있다. 실명을 넣어도 되고 닉네임을 넣어도 된다. 나이도 마찬가지. 나는 나이를 조금 낮췄고, 이름은 그대로 썼다.

그렇게 하면 내가 설정한 주변 반경에 있는 남

자들 사진과 소개가 촤라락 뜬다. 화면에 뜬 남자가 마음에 들면 오른쪽으로, 맘에 안 들면 왼쪽으로 밀면 된다. 이걸 '스와이프(swipe)'라고 하는데, 내가 오른쪽으로 민 상대가 내게도 '좋아요'를 눌렀다면 매칭! 그때부터 메시지를 주고받을 수 있다.

"Hi, It's nice to have a match with you. I like your pics(안녕, 매칭되어 반가워. 사진 예쁘다)."

보통은 남자 쪽에서 먼저 말을 걸고, 이렇게 이야기가 시작된다. 나도 나이스하게 "어, 나도 반가워^^" 하면서 이야기를 주고받는데, 이게 몇 번 하다 보면 똑같은 얘기를 스무 번, 서른 번 하게 되는 거다.

틴더남: 베를린에는 얼마나 머물러?
나: 한 달 반 정도 있을 거야.

틴더남: 오, 꽤 있네? 여행작가면 최근엔 무슨 글을 썼어? 베를린에는 왜 온 거야?"
나: "책 쓰러 왔어" 등등등.

나름 괜찮은 틴더남에게 메시지가 오면 처음엔 나도 설레 성심성의껏 대답을 했다. 하지만 뒤로 갈수록 똑같은 질문에 똑같은 대답을 하는 일이 지겨워진다. 게다가 눈이 번쩍 뜨일 만큼 잘생기거나 맘에 드는 타입이 많은 것도 아니어서, 언제부턴가는 이 쑤시며 대답하는 식.

특히 베를린에 놀러 온 거냐, 얼마나 있느냐는 질문을 가장 많이 받았는데, 아마도 내가 여기

에 있으면서 뭘 원하는지 파악하려는 의도 같았
다. 단순한 재미를 원하는 건지, 아님 뭔가 진지
한 걸 기대하는지 알고 싶어서?
그러던 중 틴더에서 뭘 찾는 거냐는 질문을 받
게 됐다.
"What are you looking for Tinder?"
갑자기 이 질문을 받으니 뭐라고 대답해야 할
지 선뜻 떠오르지 않았다.
'음… 그래, 나는 여기서 뭘 기대하는 거지?' 친
구가 하라고 해서 시작은 했지만, 하룻밤 놀자
고 이걸 하고 있는 건 아니고. 그렇다고 인생의
동반자를 찾는다고 말할 수도 없고…
"음, 글쎄. 베를린에 현지 친구가 많이 없으니,
친구가 되면 좋을 것 같고. 서로 잘 맞으면 계속
민날 수도 있시 않을까?"
나와 같은 걸 바라는 남자가 있다면 인연이 될
수 있을까? 이 질문을 철학적으로 받아들인 나
는 늘 궁금했지만 나중에 알게 됐다. 저 질문은
'원나잇'을 원하는 애들이 던지는 질문이라는
걸. 뭔가 진지한 관계를 원하거나 심오한 대답

을 하면 "어머, 얜 아니네" 하고 재빨리 튀려고.

"베를린 여자들 중엔 프로필에 아예 '노 원나잇 스탠드'라고 써 놓는 애들이 많아. 원나잇을 원하는 남자들이 하도 많으니까 미리 밝혀두는 거지. 원나잇 원하면 얼씬도 하지 말라고. 반대로 남자들은 대개 틴더에서 진지한 만남을 바라지 않지. 근데 너는 프로필에 안 써놨으니까 남자들이 '얘는 원나잇도 원하나?' 하고 물어본 거 같은데?"

나중에 만난 자칭 틴더 전문가가 식은 쌀국수를 먹으며 내게 조언했다.

"어머, 난 진정 몰랐네."

스프링롤을 먹으며 나도 대답했다. 그리고 흰 바지에 떨어진 간장 소스를 닦으며 생각했다.

'과연 틴더에서 '괜찮은' 남잘 만날 수 있을까?'

#2 시작이 좋다

틴더를 시작한 지 며칠 되지 않아서 바로 마음에 드는 애와 매칭이 되었다. 터키계로 보이는 남자, 하소. 그는 잘생겼고, 미소가 예뻤다. 나이는 나보다 일곱 살이 어렸다. 검은 머리에 거뭇거뭇 난 수염, 웃음이 시원시원하고 옷 입는 센스도 좋아 보였다. 검은 가죽 재킷에 심플한 옷차림은 딱 내가 좋아하는 스타일이었다. 친절하고 대화하는 매너도 좋았다.

바로 만날 날짜를 잡았다. 대화를 시작하고 바로 사나흘 후였던 것 같다. 그가 미테(Mitte) 지역의 '마인 하우스 암제(Mein Haus am See)'에서 만나자고 했을 때, '좀 노는 애군' 하고 알아챘다. 그곳은 미테에서 적당히 힙하고 노골적(?)이며 유쾌한 바로 통하기 때문이다. 생긴 지는 8년도 더 됐지만 -당시엔 지금보다 더 과감하고 거침없는 곳이었지만- 여전히 '노는 애'들이 좋아하는 곳이다. 어디를 추천하느냐에 따라 상대방의 취향이나 센스도 알 수 있는 법. 나는 '잘 노는 애들이 일도 잘한다'고 생각하는 사람이기에 그의 추천 장소가 마음에 들었다. 감이 좋았다.

몇 년 만에 간 그곳은 여전히 어린 애들이 많았다. 그룹으로 모여 앉은 애들도 있었고, 나처럼 틴더 데이트를 하는 듯한 커플도 보였다. 마인 하우스 암제에서 화이트 와인을 두 잔씩 마시고 분위기가 들떠서 2차를 가기로 했다. 무슨 이야기를 했는지는 별로 남는 게 없다. 그냥 시답잖은 이야기들을 했겠지. 2차로 누 오데사(Neue Odessa) 바에 갔다. 마인 하우스 암제보다 고급스럽고 세련됐으며, 자유로운 분위기의 공간. 누군가를 꼬시고 싶을 때 혹은 누군가를 만나지

나는 '잘 노는 애들이 일도 잘한다'고 생각하는
사람이기에 그의 추천 장소가 마음에 들었다.

않을까 기대하며 가는 곳이다(이제껏 그런 일은
한 번도 일어나지 않았지만). 하소도 당연히 와
봤을 거라고 생각했는데, 처음이라고 해서 의외
였다. 베를린의 많은 밤을 이곳의 모스코 뮬을
마시며 보낸 나로서는.

내가 먼저 모스코 뮬을 사고 다음 번엔 그가 사
고. 서로 번갈아 술을 사며 취기가 올랐다. 우리
는 메인 홀에 앉아 있다가 작은 룸으로 자리를
바꿨다. 너무 시끄러워서 말소리가 거의 들리지
않았다. 그곳에서 좀 더 가까이 붙어 앉았고, 가
벼운 키스를 했다. 오랜만에 설레는 감정이 들
었다. 한 가지 거슬린 점은 하소가 화장실을 '너
무' 자주 갔다는 것. 무슨 애가 일곱 살 많은 여자
보다도 화장실을 자주 가는지, 나 두 번 가는 동
안 네 번은 다녀온 것 같다. 처음엔 방광이 안 좋
나 생각하다가 나중엔 말 못 할 전화를 하러 가
나 싶은 생각까지 들었다. 아무튼 기분 좋게 술
을 먹고 집으로 왔다. 자기 집으로 가자는 그의
제안을 뿌리치고, '시작이 좋다'고 생각하면서.

#3 유머 있는 틴더남

틴더 채팅 대화

틴더남: 베를린에서도 글을 쓸 거야?
나: 응, 그러려고 왔어.

틴더남: 베를린에 대해서? 아니면 틴더 신 (scene)에 대해서? 🙂
나: 하하하. 사실 틴더를 베를린에서 시작했어. 배우는 중이야. 너는 틴더 많이 해봤어?

틴더남: 아니, 나도 베를린에서 시작했어. 샌프란시스코에서 12년을 살다가 최근에 베를린으로 돌아왔어.
나: 와, 꽤 오래 살았네.

틴더남: 응, 샌프란시스코가 더 고향 같지. 그래서, 틴더 배우는 거 말고 너는 한 달 동안 여기서 뭘 할 거야?
나: 실은 책을 내려고.

틴더남: 아하, 틴더 보이에 대해서? 그럼 틴더 보이들을 다 만나봐야겠네!

나: 하하하, 그럼 다 만나봐야지! 그래서 내가 요즘 넘 바빠!

틴더남: 오케이, 그럼 내 차례는 언제야? 몇 번째인지 알려줘봐.

틴더남: ㅋㅋㅋ 음… 어디 보자… 이미 스케줄이 꽉 차서 말이지, 너는 아마 내가 돌아가기 바로 전날 만날 수 있을 것 같은데?

틴더남: 와, 그건 너무 불공평한데. 줄 좀 줄여주면 안 돼(Any cut in the line)?

나: 하하하하, 너 진짜 재미있다. 맘에 들어. 그래, 그럼 내가 함 볼게.

틴더남: 올롸잇. 행운을 기다려야지. 난 요즘 꽤 널럴해.

나: 그래, 알았어, 오래 기다리게 하진 않을게. 넌 언제가 좋은데?

틴더남: 이번 주 아무 때나 다 괜찮아. 너한테 무조건 맞출게.

나: 오케이, 틴더 스케줄 좀 보고. (잠시 후) 담주 월요일 오후 5시쯤 괜찮은데. 어때? 나 지금 패스트트랙(fast track) 만든 거야.

틴더남: 오! 나 패스트트랙 좋아해. 오케이, 월욜에 보자, 미스 비지(Miss busy).

#4 Don't Give a Shit

서울에서 같이 일하던 영상감독이 베를린에 놀러 왔다. 베를린을 제2의 거주지로 삼은 미키 오빠가 특별히 2) '파울리 잘' 레스토랑을 예약했다. 미쉐린 원 스타 레스토랑으로, 베를린에서 손에 꼽히는 '핫'한 곳 중 하나다. 오픈한 지 5년이 넘었는데, 지금도 꾸준히 사랑받는다. 우리는 개당 1억 원 한다는 꽃 모양 무라노(Murano) 조명과 정면으로 걸려 있는 실물 크기 로켓 조형물을 바라보며 저녁을 먹었다. 5코스 디너를 시켰고, 비싼 와인도 두 병이나 마셨다. 나와 영상감독을 위해 마련한 자리라는 미키 오빠의 말도 고마웠다. 저녁 7시 반에 시작한 저녁 식사는 밤 11시가 거의 다 되어 끝났다. 맛있고 감사한 저녁이었다.

배를 두드리며 나는 두 번째 틴더남을 만나러 갔다. 저녁 식사가 길어져서 약속 시간을 좀 미룬 터였다. 이스라엘 남자인 그는 베를린에서 투어 가이드를 한다고 했다. 로젠탈러역 앞에서 그를 만나 근처 바로 갔다. 바에서 와인 한 잔을 다 마실 때쯤, 레스토랑에 카메라를 놓고 온 걸 깨달았다. 음식 사진을 찍다가 소파 위에 놔두고 그냥 나온 것이다. 전화를 했지만 영업시간이 끝날 즈음이어서 헐레벌떡 레스토랑으로 다시 갔다. 틴더남이 같이 가줬다. 별 걱정은 하지 않았다. 파울리 잘은 번듯한 미쉐린 원 스타 레스토랑이고, 그들이 내 카메라를 잘 보관하고 있을 것이라고 철석같이 믿었으니까.

직원들은 테이블 보를 걷고 있었다. 우리 테이블을 담당했던 직원 -애교 있게 말을 잘하던- 이 보이기에 웃으며 말을 걸었다.

"내가 카메라를 두고 갔지 뭐예요."

"자리에선 아무것도 찾은 것이 없습니다, 손님."

그의 단호한 대답에 나는 너무 당황스러웠다.

"네? 음… 그럴 리가 없는데요. 분명히 여기에 두고 갔는데?"

"제가 자리를 다 치웠는데, 카메라는 보지 못했어요. 혹시 재킷을 입고 오셨나요? 그럼 로커룸에 있을 수도 있어요."

"아뇨, 재킷은 안 입고 왔고, 로커룸도 이용하지 않았어요."

"그럼 직접 자리에 가서 찾아보시겠어요? 전 아무것도 못 찾았습니다만."

우리가 앉았던 테이블에 가서 바닥까지 둘러봤다. 그의 말대로 카메라는 없었다. 80만 원 넘게 주고 산 내 신상 소니 카메라….

그런데 대화를 하는 내내 그의 말투가 좀 거슬렸다. 어쩐지 질문이 끝나기도 전에 '여기 없으니까 그냥 돌아가' 라는 듯한 뉘앙스를 풍겼다.

"다른 직원들이 봤을 수도 있으니 좀 물어봐주실래요?" 재차 물어도 그는 자기가 테이블 담당이어서 아무도 본 사람이 없다는 식이었다. 차마 발걸음이 떨어지지 않았다. 등 떠밀리듯 문밖으로 나오며 나는 그의 이름을 물었다.

"이름이 뭐죠? 나중에라도 혹시 찾으면 연락을 주실래요?"

"댄입니다."

가슴에 단 그의 이름표를 봤다.

"오케이, 알겠어요. 나중에 매니저에게도 한번 물어봐야겠어요." 나는 혼자 중얼거리듯 말했다. "네? 뭐라고 하셨나요?" 하고 그가 다시 물었고, 나는 "네버 마인드(Never mind)" 하고 뒤돌아섰다.

그리고 레스토랑에 붙어 있는 바 앞에서 기다리고 있던 틴더남에게 큰 소리로 말했다.

"난 분명히 여기에 두고 나왔는데, 찾은 게 없대요. 너무 이상해요. 아무도 본 사람이 없다고 하고."

이때 우리의 대화를 뒤에서 듣고 있던 댄이 부산하게 로커룸을 열어 보이며 뭐라뭐라 떠들었다. 못 믿겠으면 여기라도 보라는 듯이.

"이봐요, 댄. 난 로커룸을 안 썼다고요. 로커룸은 안 보여줘도 돼요."

말을 하고 있는데, 갑자기 그가 로커룸 옆의 어떤 문을 또 열더니 느닷없이 내 왼손 위에 카메라를 올려놓았다. 이 카메라가 네 카메라냐 묻지도 따지지도 않고! 나는 손바닥 위에 카메라를 둔 채 '얼음' 상태로 서 있었다. 아무 말도 나오지 않았다.

"지금 이거 뭐예요? 내가 그렇게 물을 땐 아무것도 없다고 하더니, 어디서 갑자기 찾아서 이렇게 카메라를 주는 거예요? 어떻게 이럴 수가 있지!"

나는 어느새 소리를 지르고 있었다. 그는 '당신이 소리를 지르면 할 말은 없지만, 누군가 다른 직원이 찾아서 여기에 둔 것 같다'라고 말하는 것 같았다(그때 난 조금 제정신이 아니었다).

"그래서 내가 아까 당신한테 다른 직원한테도 물어봐달라고 했잖아. 근데 당신이 우리 테이블 담당이라고 아무한테도 안 물어봤잖아!"

영어는 존대하거나 낮추는 말이 없지만, 난 거

의 반말로 쏘아대는 심정이었다.

옆에 멀뚱히 서 있던 틴더남이 보다 못해 카메라를 찾았으니, 이제 그만 가자고 나를 달랬다. 그의 말도 맞으니 가긴 갈 테지만, 그 직원이 내 카메라를 몰래 챙겼고, 돌려주지 않으려고 계속 거짓말을 했다는 생각을 지울 수 없었다. 나는 엄청 화가 나 있어서, 나중에 그 직원이 미안하다는 말을 했는지조차 기억이 안 났다. 찾았으니 이제 가라고 한 것만 같아 계속 기분이 나빴다. 나는 레스토랑을 나와 걸으면서도 내내 분이 가시지 않았다.

"가만있지 않겠어! 내가 당한 상황을 트립어드바이저에도 올리고, 레스토랑 공식 이메일에도 보낼 거야. 매니저에게도 항의할 거야!"

그러자 틴더남이 말했다.

"이제 그만 신경 꺼(Don't give a shit). 어차피 카메라도 찾았고, 뭐 그렇게까지 해."

같이 열을 낼 줄 알았는데 의외의 말을 하는 바람에, 순간적으로 나도 '그래, 뭘 그렇게까지 해?' 하는 생각이 잠깐 들었다.

"정말? 너는 정말 그렇게 생각해? 나도 생각 좀
해보자. 근데 난 그가 너무 괘씸해서 가만있고
싶지 않아. 나 같은 사람이 또 생기면 어떡해!"
"네가 독일인이었다면 안 그랬을지도 몰라."
"뭐라고? 그럼 내가 아시아인이라서 그랬다는
거야? 없다고 하면 영어 잘 못 알아듣는 동양
애가 그냥 '네, 잘 알겠습니다' 하고 돌아갈 줄
알고? 내가 이름을 물으니까 그제서야 태도가
달라졌어. 내가 가만히 나왔으면 카메라를 영영
못 찾았을 거 아냐."
난 끊임없이 지껄였다. 분한 마음도 좀처럼 가
라앉지 않았다.
한참을 걷다가 이제 뭐 하고 싶으냐고 그가 물
었는데, 카메라를 찾느라 온 힘을 다 쓴 나는 갑
자기 집에 가고 싶어졌다. 시간을 보니 이미 새
벽 1시였다. 틴더남에겐 너무 미안했지만, 양해
를 구하고 집으로 돌아왔다. 그리고 잠이 들 때
까지 레스토랑에 보낼 이메일에 쓸 영어 문장
을 생각했다.
나의 두 번째 틴더 데이트는 이렇게 끝이 났다.

#5 아무튼
행운을 빌어

명색이 미쉐린 원 스타 레스토랑에서 이런 막
돼먹은 상황을 맞닥뜨리고 나니, 데이트고 뭐고
죄다 피곤해졌다. 레스토랑에서 거의 소리까지
질렀으니 두 번째 틴더남은 나를 보고 '쟤 뭐야?'
했을 것 같았다. 안 그래도 틴더남은 레스토랑
을 나와서 걸으며 내가 무서웠다고 했다. 아시
안이 그렇게 쏘아붙이는 걸 태어나서 처음 봤다
고 너스레를 떨었다. 성격 장난 아닐 것 같다고.

"아니 내가 원래 이런 애가 아닌데, 너무 흥분해 가지고, 나도 좀 놀랐지 뭐야. 내가 원래는 착하고 상냥해." 하며 농담을 건넸다. 만난 지 30분 만에 같이 레스토랑을 가준 건 정말 고마웠다. 헤어지고 집에 오니 그에게 문자가 와 있었다.

"I really like you. Have a good night."

날 좋아한다고? 한 시간도 안 만났는데 이런 문자를 보내다니 솔직해서 좋지만 의외였다. 레스토랑에 같이 가줘서 정말 고마웠다고 다시 한번 인사를 하고 굿나잇 답장을 보냈다.

다음 날 오후, 그에게서 다시 문자가 왔다. 이틀 뒤 가족을 만나러 이스라엘 가기 전에 다시 만나고 싶냐고 물었다. 나는 별 고민 없이 그럼 오늘은 어떠냐고 문자를 보냈다. 어제 일이 미안해서 술이라도 한잔 사고 싶었다. 어디서 만날지 장소를 정하려는데 그에게 온 메시지.

"But I hope little bit more than talking this time."

문자를 보는 순간, '뭐지?' 싶었다. Little bit more? 뭘 좀 더 바란다는 거야? 만나기도 전에 엉큼한 속내를 내보이는 것 같아 빈정 상했다. 이런 말을 듣고도 내가 만나면 그의 말에 동의하는 거나 마찬가지니까. 솔직히 그가 완전히 마음에 드는 상대였다면, 글쎄, 못 이기는 척 한 번 더 만나봤을지도 모르겠다. 하지만 그에게는 호감보다 호의를 베풀고 싶었다. 어제 빚진 고마움을 갚고 싶은 마음이 컸다.

"그렇다면 나는 너한테 맞는 상대가 아냐. 뭔가를 더 바란다면 날 안 만나는 편이 나을 것 같아. 그게 네 시간을 절약하는 길이야."

단도직입적으로 문자를 보냈다. 그러자 그는 죽은 듯 더 이상 답장이 없었다.

내가 너무 세게 말했나 싶어 다음 날 낮에 다시 문자를 보냈다.

나: 내 말에 기분 상했다면 미안해. 단지 나는 술이라도 한잔 사고 싶었어. 너한테 빚진 기분이 들어서. 여행 잘 갔다 오고, 훗날 서울에 온다면 연락해. 그때 다시 술 살게.

틴더남: 괜찮아. 네가 내게 빚진 건 아무것도 없어. 날 다시 만나고 싶은 이유가 나한테 빚진 것 때문이 아니라 네가 날 좋아하는 마음이 있기 때문이길 원했어.

나: 좋아한다고 해서, 항상 뭔가를 더 포함하거나 바라도 되는 건 아니야. 아무튼 잘 지내길 바라. 고마웠어.

틴더남: 나도 알아. 다만 내가 찾는 여자는 단지 나랑 술 한잔을 하거나 빚진 마음을 갚으려거나, 그냥 온라인상의 친구가 되려는 사람이 아니야. 아무튼 행운을 빌어.

나: 그래 알겠어. 나도 행운을 빌게.

그의 말은 원래 내가 틴더남들에게 하고 싶은 말이었는데. 내가 찾는 남자는 단지 나랑 술 한잔을 하거나 온라인상의 친구가 되려는 남자가 아니라고. 생각이 같았지만 나는 왜 결국 그를 만나고 싶지 않았을까? 그의 성급한 본심 때문에? 어찌되었건 결국 인연이 아니었다고 생각한다. 미련이 남지 않는, 그냥 스쳐가는 인연.

#6

그 남자의
접근법

베를린에서 시작한 틴더는 일주일 전에 만난 첫 틴더남 하소를 빼고는 모두 지지부진했다. 매칭이 되어도 말을 안 거는 남자들이 많았고, 대화가 띄엄띄엄 이어지는 경우도 많았다. 그런가 하면 몇 마디 시작하자마자 대뜸 '입술 위에 너를 앉히고 격하게 아래위로 태워주고 싶다'라거나 사진 몇 장 보고는 '우리는 지금 차 뒷자리에 앉아 키스를 나눴어야 해'라며 대놓고 덤벼드는 남자들도 많았다. 뭘 어떻게 대꾸해야 할지 몰라 대답을 안 하고 있으면 어느새 매칭을 취소하고 사라졌다.

그렇다고 내가 먼저 대화를 주도할 정도로 의욕이 넘치는 것도 아니어서, 먼저 말을 거는 남자들하고만 소심하게 채팅을 이어갈 뿐이었다. 그러다가 위트 넘치는 나이 든 남자와 띄엄띄엄 대화하다 그냥 바로 만날 날을 잡은 남자 둘을 한날에 보게 되었다.

틴더에서 대화가 제일 즐거웠던 제리는 나이가 많았지만 매우 유쾌한 사람이었다. 나이 많은 남자들의 고지식하고 따분한 면이 없고, 위트와 유머가 넘치는 사람이었다. 샌프란시스코에서 12년을 산 때문인지 독일 남자들과 달리 무척 친근하고 미국인스러운 유머를 구사해 분위기를 살렸다(하지만 틴더에서 얘기할 때가 실은 좀 더 즐거웠다).

오후 4시, 베를린 서쪽에 살고 있는 그의 동네로 갔다. 미테와 프렌츨라우어베르크(Prenzlauer Berg)만 돌아다니다 보니, 다른 동네를 잘 안 가게 돼서 구경도 할 겸 내가 먼저 그쪽으로 가겠다고 했다. 낮에는 어느 동네에서 만나든 상관

시음을 하기 위해선 어찌 됐든 그의 집에
가게 될 텐데, 나는 이런 자연스러운 '접근'이 좋았다.

이 없지만, 밤에 만나는 경우엔 미테를 거의 벗
어나지 않았다. 다른 동네까지 가기가 귀찮기도
하고, 자기 집 근처로 오라고 하는 틴더남들에
게선 왠지 엉큼한 속내가 보였기 때문에.

그를 만나 펍에서 맥주를 한 잔 마셨다. 배가 출
출해져서 그가 사는 동네 비스트로에서 간단한
안주를 곁들여 와인도 한 잔 더 마셨다. 그의 취
미는 토닉 시럽을 만드는 것. 진토닉을 좋아하
는 나는 토닉 시럽을 직접 만드는 게 특이했고,
몇 가지 레시피가 있다기에 다음에 기회가 되면
시음도 해보기로 했다. 시음을 하기 위해선 어
찌 됐든 그의 집에 가게 될 텐데, 나는 이런 자연
스러운 '접근'이 좋았다.

직접 만나서 이야기하는 건 끊임 없이 화제가
이어지지 않는 한, 수시로 말도 끊기고 갑작스
러운 정적에 싸이기도 하는데, 그래도 제리와
는 편안한 분위기였다. 다만 목 디스크가 있어
서 다음 주에 수술을 해야 할지도 모른다는 말
을 들으니 더 이상 진전은 힘들겠구나 싶었다.
그가 다 나아서 나를 만날 수 있을 즈음이면 나
는 서울로 돌아가 있을 타이밍이었다.

#7 뻔한 대화

틴더에서 많은 남자들과 채팅을 했지만, 오프라인으로 만난 건 이때까지 세 명이 전부였다. 제리에 이어 저녁에 만난 스벤이 네 번째 '타자'였다. 그가 먼저 말을 걸어 시작한 채팅에선 역시나 뻔한 대화가 오갔다. 대화가 길지도 않았다. 대화를 시작한 주말엔 그가 바빴고, 그다음 주말을 앞두고는 내가 바빴다. 나흘 동안 아무런 대화가 없다가 그가 말을 걸었다.

스벤: 하이, 동미. 금요일 약속 있어?
나: 하이, 스벤. 친구들이랑 호수에 가기로 했어. 저녁엔 친구 집에서 저녁을 먹기로 했고. 토요일엔 아직 약속 없는데.

스벤: 저런, 토요일엔 내가 약속이 있는데…
나: 우린 만나려면 인내심 좀 가져야겠다! ^^

스벤: 토요일 낮에 내 조그만 세일 보트를 고쳐야 하거든. 오래 안 걸리면 저녁에는 볼 수 있을 것 같아.
나: 오케이. 너무 늦지만 않는다면 토요일 저녁에 봐도 돼.

스벤: 오케이. 근데 만약 토요일 밤에 못 만나면 월요일엔 시간 돼?
나: 응, 월요일에 만날 수 있어.

그렇게 대화를 끝냈는데 그날 저녁 7시에 갑자기 다시 문자가 왔다. 시간이 되면 오늘 저녁에라도 만날 수 있다고, 너무 갑작스럽게 물어봐서 미안하다고. 나는 이미 친구 집에서 저녁을 먹고 있었고, 그의 말대로 너무 늦은 제안이었다. 뒤늦은 '번개'가 별로 반갑지도 않았다. 어쩐지 다른 틴더녀 만나기로 한 약속이 깨져서 물어보는 것 같은 느낌적 느낌. 틴더엔 그런 애들이 숱하게 많으니까.

토요일엔 둘 다 문자를 안 해서 자연스럽게 넘어갔다. 그리고 약속한 월요일이 왔다. 월요일 아침 11시가 될 때까지 연락이 없기에 기다리다 못한 내가 먼저 말을 걸었다. 얘는 만날 마음이 있는 거야, 없는 거야 하면서. 오늘의 틴더 스케줄을 정리할 참이었다.

"안녕, 그래서 우리 오늘 만나?"

나는 건조하게 물었다. '오늘도 시간 안 된다고 하면 넌 쫑이다' 생각하면서.

"그럼, 만나야지! 저녁 먹을까? 술 한잔을 할래? 아님 공원? 호수를 걸을까?"

그는 다양한 옵션을 줬다. 여러 가지 안을 내놓은 건 마음에 들었다. 일단 저녁 8시에 만나기로 시간을 정했다.

스벤은 내가 채팅한 남자 중 가장 뻔한 대화를, 그것도 몇 번 나누다 말고 만난 남자였다. 몇 명 만나지도 않았지만, 나는 틴더 채팅이 점점 지겨워지고 있었고, 그냥 이렇게 바로 만나는 게 더 속 편하게 느껴지기도 했다. 빨리 만나보고 아니면 빨리 끝내고. 어느 순간부터 나는 점점 속전속결의 태세가 되어가고 있었다.

**BERLIN
IN LOVE**

PART 2
이 남자, 스벤

#1

네 번째 틴더남, 스벤

틴더에서 만나는 남자들은 대개 바로 저녁을 먹자고 하지 않는다. 그보다는 바에서 만나자거나 아니면 낮에 만나 커피 한 잔, 혹은 아이스크림 타임, 공원이나 호숫가를 걷자는 제안을 많이 한다. 저녁을 같이 먹는다는 건, 그보다는 뭔가 좀 더 공을 들이겠다는 신호랄까.

스벤은 저녁 식사나 술 한잔, 공원과 호수까지, 원하는 걸 골라잡으라는 듯 제안했다. 낮에 는 이미 잡아둔 틴더 약속이 있었으니, 끝나면 저녁 무렵이라 밥과 술을 한꺼번에 하면 좋겠다고 대답했다. 그는 3) 알테스 유로파 레스토랑을 추천했고, 나도 몇 번 가보고 좋았던 곳이라 그곳에서 만나기로 했다.

그날 야외 자리에서 레스토랑 입구 쪽으로 걸어오던 스벤이 생각난다. 그는 별 기대 없이 나온 것 같았다. 옷차림은 평상시 그대로 입고 나온 것 같았고, 설레거나 긴장한 듯 보이지도 않았다. 나중에 말하길, 당시 틴더로 만난 여자들과 만남이 다 그저 그래서 진짜 별 기대 없이 나왔다고 했다. 처음에 뻔하게 대화를 이어가던 시간이 생각난다. 고기를 먹지 않는 그는 파스타를, 나는 비트가 들어간 생선 요리를 먹었다.

"원래 괜찮은 곳인데, 오늘은 음식이 기대 이하네." 그가 말했다. 그러다 야외 자리가 춥게 느껴져서(7월 중순에!), 우리는 레스토랑 안으로 자리를 옮겼다. 테이블 모서리를 사이에 두고 좀 더 가까이 앉게 된 우리는 한참 이야기를 나눴다. 주로 말을 한 쪽은 스벤이었고, 틴더에서와 달리 대화가 끊이지 않았다. 집으로 가는 길(그와 우리 집은 한 정거장 거리다)에 간판 없는 칵테일 바가 있다길래 거기서 2차를 하기로 했다. 스벤과 보내는 시간이 재미있었고, 그가 저녁을 샀으니 2차는 내가 내서 빚진 마음을 덜고 싶었다(남자가 다 계산하면 얻어먹는 것 같아 기분이 별로다). 그리고 숨겨진 바도 가보고 싶었다. 어차피 책에 소개할 장소도 찾아야 하니까.

**우리 집에
갈래?**

"여긴 어떻게 알게 됐어?"

"음, 말하자면 좀 긴데, 괴팅겐(Göttingen)에서 살 때 자주 가던 바가 있었거든. 여기로 이사 오기 전에 베를린에 좋은 바가 있으면 추천해달라고 했지. 그 바 주인이 말했어. 베를린에서는 세 곳만 알면 된다고. 티오 바, 베케츠 코프. 럼 트레이더. 이 세 곳이 최고라고 말이야."

그중 우리가 간 곳은 4) '베케츠 코프'였다. 간판도 없고, 눈에 띄는 곳도 아니라서 문 옆에 흐릿하게 켜진 작은 초록색 램프를 보고 찾아야 한다. 스벤 역시 잘 안 보여서 그냥 지나친 적이 많다고 했다. 검은 커튼이 드리운 창문 밖에는 나이 든 남자의 흑백 얼굴 사진이 걸려 있다. 나중에 알았는데, 그 사진은 극작가 사뮈엘 베케트의 얼굴이었다. 문은 초인종을 누르면 사람이 나와서 열어준다. 철학자이자 극작가인 주인이 여자 친구와 함께 10년 넘게 운영해온 바였다.

"주인은 바텐더가 아니라 무슨 연구실의 과학자 같아. 지거(jigger) 글라스에 아주 정확한 양을 따라서 술을 만들고, 만든 다음엔 꼭 손등에 스푼으로 덜어서 맛을 보지. 얼음은 크고 각진 것만 쓰고, 칵테일에 들어가는 재료는 그날 제일 좋은 걸 써. 쓸 만한 오렌지가 없는 날엔 오렌지가 들어가는 칵테일은 권하지 않는 식이야."

우리는 메인 바에 앉았다. 내 오른쪽에는 게이 커플이, 스벤 왼쪽에는 남녀 커플이 앉아 있었다. 그들은 에드워드 호퍼의 그림 '나이트 호크(Nighthawks)' 속 인물들처럼 움직임이 없었다. 그리고 뒤의 소파 자리에는 한쪽 팔이 없는 뚱뚱한 남자가 앉아서 연신 시가를 피우고 있었다. 바의 모든 사람들이 정지된 영화 속 배우처럼 느껴졌다. 무슨 이상한 흑백영화의 한 장면 속에 있는 것 같았다. 낮부터 마신 와인이 오른 탓인지도 모른다.

메뉴판도 특이했다. 사뮈엘 베케트의 얼굴이 표지에 그려진 책(아마도 그의 저서겠지) 중간에 메뉴판 종이가 끼워져 있었다. 칵테일 설명도 한 편의 시처럼 되어 있어 그것만 읽어서는 무슨 칵테일인지 잘 알 수 없다. 그래도 '로브 바브(Rob Barb)' 칵테일은 읽으면 왠지 루바브(rhubarb, 대황)이 들어있을 것 같았는데, 실제로 루바브가 시 안에 들어 있었다. 술 이름도 살짝 이름을 바꿔서 시 안에 넣어 놨다.

"말을 하면서 자연스럽게 내 팔을 툭툭 치거나 스칠 때 느낌이 좋았어. 아시아 여자들은 스킨십을 잘 안 하는 줄 알았는데, 넌 꽤 마음이 열린 사람이라고 느꼈어. 아무래도 여행을 많이 다녀서 그런가 봐. 그리고 너, 웃는 게 참 예쁘다."

그가 말했다. 나는 논리적이면서도 세심하게 말해주는 그의 태도가 좋았다.

어느새 옆에 앉은 그의 얼굴이 내 뺨으로 다가왔고, 우리는 자연스럽게 키스했다. 한번 시작한 키스는 바에 앉은 내내 이어졌다. 처음엔 옆에 앉은 사람들이 쳐다볼까 너무 신경이 쓰였지만 곧 에라 모르겠다 하는 심정이 되었다. 칵테일이 무척 셌는데 두 잔이나 거푸 마셔서 그랬는지도 모르겠다.

"우리 집에 갈래?"

그도 역시 물었다. 하지만 노. 그는 나를 집 앞까지 데려다주고 갔다.

#3

**진도
빼기**

'어제 너무 즐거웠어. 칵테일도 잘 마셨어. 그나
저나 새벽에 가슴이 벌렁거려서 세 번이나 깼
지 뭐야. 우리 오늘 만날 수 있는 거지? 야외 영
화 보러 갈래? 아니면 강변 바에서 맥주 한잔
할까?'

원래 5일 뒤에 만나기로 한 걸, 술김에 바로 다
음 날인 오늘로 당긴 게 생각났다. 아침부터 문
자를 보내는 그가 내심 귀엽고 마음에 들었다.

'밀당' 없는 그의 태도가 좋았다. 나도 흔쾌히 만나자는 답장을 보냈다.

내일부터는 다른 틴더남들과 약속이 줄줄이 잡혀 있었다. 물 들어올 때 노 젓자, 한꺼번에 해치우자 하는 전투적 마음으로 잡은 스케줄이었다. 이렇게 한꺼번에 잡은 데에는 이유가 있었다. 첫 번째 틴더남 하소 때문이었다. 가벼운 키스를 나누고, 그가 나를 집으로 데려가고 싶어

했는데, 내가 "오늘은 그냥 갈래" 하고 튕겼다. 새벽 1시, 지하철역 앞까지 그가 나를 데려다줬다. 다음 날 당연히 "잘 들어갔어?"라는 연락이 올 줄 알았다. 하지만 그는 일주일 넘게 연락이 없었다.

'뭐지? 이 까인 것 같은 기분은?' '어제 같이 잤어야 했나?' 여러 가지 생각이 들었다. 인정하고 싶지 않았지만 이틀 정도 기다리다 포기했다. 틴더란 이런 거구나 하면서. 그런데 그 첫 번째 틴더남이 일주일 만에 다시 연락을 해온 것이다. 출장을 갔다 왔다고, 그래서 연락을 못했다면서 다시 만나고 싶다고 했다. 하지만 왠지 출장이 아니라 다른 여자들과 틴더 데이트하느라 연락을 안 한 것 같은 느낌이 들었다. 틴더 고수들에게 물어보니, "백퍼(100%)지!" 하며 맞장구를 쳤다.

'그럼 뭐 어때. 나도 그동안 다른 남자들 만났는데. 이번엔 괜찮으면 하소랑 그냥 자버려야지' 하는 쿨한 마음이 있었다. 그게 내일이었다.

스벤은 오후에 친구 집으로 나를 픽업 오겠다고 했다. 데리러 오겠다기에 차를 가져오는 줄 알았는데, 손에 헬멧이 들려 있었다.

"오토바이는 어디 있어?"

"없는데?"

"그럼 이 헬멧은 뭐야?"

"근처에 있는 공유 모터바이크를 찾아서 타고 갈 거야. 거기엔 헬멧이 하나밖에 없어서 내 걸 하나 더 가져왔어."

베를린에서 처음으로 전기로 가는 스쿠터를 타봤다. 팔로 그의 허리를 두르고, 허벅지로 그의 엉덩이를 꽉 조이고 엄청 긴장한 채로. 차가 많아지는 퇴근 시간이었다. 요리조리 차 사이를 뚫고 그는 15분 만에 슈프레 강가에 도착했다. 스쿠터를 잘 타는 그가 멋져 보였다.

도착하고 보니, 그곳은 작년에 정아와 낮에 와서 누워 있었던 5) '홀츠마르크트 25'였다. "나 여기 알아, 와 봤어." 아는 척을 했다. 작년에는 한창 더운 낮에 와서 그랬는지 사람들이 띄엄띄엄 있었는데, 저녁에 오니 바글바글했다. 뜨거운 7월의 해가 지고 강가에 어둠이 내리자 마치 베를린에 갈 데라곤 여기밖에 없는 것처럼 사람들이 모여 있었다.

야외 서커스장 같은 천막 바에서 맥주를 시켜 강가로 내려갔다. 다들 맥주 한 잔씩 들고, 할 일이라곤 다시 강가에 앉아있는 것이 전부인 것처럼 앉아 있었다. 라이언 맥긴리의 사진에서 본 듯한 색감의 핑크빛 노을이 지고 있었다. 우리는 강가에 앉아 어제의 키스를 확인하듯 다시 입을 맞췄다.

"으음, 사람들이 보잖아."

또 눈치가 보였다. 아무도 신경 안 쓰는데, 여긴 베를린인데. 어제의 바가 생각났지만, 곧 여기서도 '에라 모르겠다'하는 마음이 되어 키스에 몰두했다. 그리고 하루 만에 진도를 쫙 뺐다. 그의 집에서 40대 중반의 우리는 20대 같은 첫날밤을 보냈다.

#4 그가 처음 울던 날

수요일, 첫 번째 틴더남(하소)과 다시 만나기로 한 약속을 결국 취소했다. 아프다고 핑계를 댔고, 대체로 피곤했다. 스벤이 어젯밤 내 귓불에 시퍼런 키스 자국을 남겼기 때문이기도 하고(그것도 양쪽에!), 오늘 공원에서 그의 눈물을 봤기 때문이기도 하다.

(하소와의 약속을 두고 스벤은 말했다)

"난 괴롭겠지만, 네 말대로 니의 감정을 따르도록 해." 이렇게 말하고 그는 울었다.

"울어? 아니 왜 우는 거야. 대체 왜 그래…."

당황스러웠다. 울지 말라고 그를 달랬다.

자기는 이런 사람이라고, 자신의 감정을 내보이고 우는 게 하나도 부끄럽지 않다고 그는 말했다. 그래서 이렇게 울 수 있다고. 우는 게 무슨 문제냐고 그는 되레 내게 물었다.

"난 우는 게 창피하지 않아. 그래서 눈물도 금방 나. 혼자 있을 땐 오히려 안 울지만, 내가 가깝다고 느끼는 사람 앞에선 금방 울 수 있어. 동양에서는 남자가 우는 일이 흔하지 않고 터부시된다는 걸 알고 있어. 하지만 남자건 여자건

감정을 내보이고 우는 건 절대 창피한 일이 아니야. 오히려 그걸 참고 숨기는 게 문제지. 참고 참았다가 나중에 화병이 되거나 폭력적으로 되는 게 더 나쁜 거야. 참으면 더 큰 병이 돼. 나도 한동안 불안 장애를 앓았지만, 지금은 사람들에게 숨기지 않고 얘기해. 그건 절대 창피한 일이 아니니까."

그와 이틀간 나눈 대화에서 불안과 걱정, 우울증 같은 단어들이 국수 가락처럼 흘러나왔다. 스벤이 과거에 불안 장애를 앓았다는 사실과 몇 년 전 같은 이유로 1년 넘게 약을 복용했다는 것, 그 불안증이 어렸을 적 부모에게서 겪은 결핍에서 비롯되었다는 이야기를 들었다. 하지만 왠지 그와의 관계를 다시 생각할 정도로 심각하게 다가오진 않았다. 그건 아마도 그가 날씨 얘기를 하듯 아무렇지도 않게 불안 장애에 관한 이야기를 하고, 자신의 과거를 숨김없이 말했기 때문일 것이다. 아니면 영어로 하는 대화가 한국말보다 덜 심각하게 들렸을 수도 있고.

"나 실은 불안 장애가 있어. 예전엔 심각해서 약

도 센 걸 먹었는데, 지금은 많이 나아졌어.”

서울에서 틴더로 처음 만나 같이 잔 남자가 이런 말을 했다면, 글쎄. 솔직히 다시 만나길 꺼렸을지도 모르겠다. 하지만 스벤에게는 왠지 그런 감정이 들지 않았다. 지금 다시 생각해도 이상한 일이다.

“그 첫 번째 틴더남, 혹시 오늘 만나서 느낌이 좋으면 걔랑도 잘 거야?”

그는 대놓고 물었다. 다른 남자라면 자존심이 상해서라도 하지 않을 질문을 아무렇지도 않게 해서 내가 오히려 당황스러웠다.

“아니, 너랑 지낸 시간이 넘 좋긴 한데, 이미 약속이 되어 있는 거니까 일단 만나겠다는 거지. 근데 느낌이 좋으면 글쎄, 잘 수도 있고, 안 잘 수도 있고…. 지금 내가 어떻게 미리 이렇게 할 거다 저렇게 할 거다 정할 수 있겠어. 오늘 어떤 일이 생기든, 너에 대한 느낌이 좋고, 앞으로도 계속 만나고 싶은데, 너도 입장이 있을 테니까… 내가 만약 혹시라도 오늘 밤에 그 남자랑 자면 너는 다신 나를 안 만날 거야?”

나 역시 횡설수설하고 있었다. 틴더로 만난 남자에게 이런 질문을 받을 줄 몰랐고, 내가 이런 질문을 할 줄은 더더욱 몰랐다.

“나도 겪어보지 않아서 모르겠어. 하지만 가슴이 너무 아플 거야. 널 많이 좋아하니끼 받아들일 수 있을지도 모르지만. 그런데 마음이 똑같진 않을 것 같아.”

그가 이어서 말했다.

“입장을 바꿔서 생각해봐. 너의 ‘베프’가 너한테 와서, 어제 어떤 남자랑 잤고 느낌이 너무 좋은

데 그 남자가 오늘은 다른 여자랑 만나기로 했
고 어쩌면 같이 잘지도 모른다고 말하면, 넌 친
구한테 뭐라고 말할 거야?"
순간 대답을 할 수 없었다.
"음, 그런 새끼는 당장 잊으라고 할 거야…"
"거봐, 내가 지금 너의 베프 같은 심정이라고. 내
게도 이해심을 좀 보여줘."
입장을 바꿔놓고 보니 나는 어느새 '그런 새끼'
가 되어 있었다.
스벤과 헤어져 집에 온 후, 몇 시간 뒤에 문자
를 보냈다.
"틴더남 안 만나기로 했어. 네 기분도 좀 나아지
길 바라. 저녁 잘 보내고."
문자를 보내고 나니 기분도 한결 나아졌다.
'진작 보낼 걸.'
나는 찬물로 한바탕 샤워를 하고, 어제 못 잔 잠
까지 몰아 자느라 일찌감치 곯아떨어졌다.

"감정을 내보이고 우는 건 절대 창피한 게 아니야.
오히려 그걸 참고 숨기는 게 문제지."

플래툰에서 일할 때 레지던시 작가로 있던 매거진 킹이 베를린에 있다는 걸 알게 됐다. 한 달 전 베를린으로 이사를 왔다는 그를 미테에서 만났고, 금세 베를린 친구가 됐다. 그가 <딥 웹(Deep Web)> 전시를 소개해줬다. 라이브 퍼포먼스로 보면 재밌겠다 싶어서 약속을 잡았다. 미리 영상으로 본 음악과 빛의 조합이 대단했다.

"이미 줄이 어마무시해요."

뭐 하는 곳인지 감을 잡을 수 없는 건물 안으로 들어가니 사람들이 줄지어 올라가고 있었다. 노출 콘크리트로 된 3층 높이 건물은 천장이 워낙 높고 기둥들이 거대해서 올려다보는 순간 입이 쩍 벌어졌다. 6) 크라프트베르크 베를린. 천장 높이만 20미터. 공간 길이는 100미터에 이르는 이곳은 패션쇼, 콘서트, 전위적인 전시, 퍼포먼스 등 베를린의 급진적인 아트 이벤트가 주로 열리는 곳이다.

<딥 웹> 전시는 크라프트베르크 베를린이 갖고 있는 웅장한 공간 속에서 펼쳐진 빛과 사운드의 아트였다. 로베르트 헹케(Robert Henke)가 만든 미니멀하고 강력한 사운드, 크리스토퍼 바우더(Christopher Bauder)가 창조해낸 다채로운 레이저 광선의 폭발이 무정형의 선과 조각들을 사방에 내뿜었다. 사람들은 거대한 공간에 앉아 천장에서 벽으로 쉼 없이 이어지는 빛과 사운드의 신세계를 경험했다. "이게 베를린이지!"

우린 공연장을 나와서도 흥분해 있었다. 근처 비어 가든에서 맥주 한잔을 들이켜야 할 타이밍이었지만, 스벤과의 약속 때문에 먼저 일어섰다. 그도 오늘 무슨 재즈 콘서트를 본다고 했다.

나: 콘서트 장소가 어디랬지? 내 공연은 9시 반에 시작해.

스벤: 어? 왜 그렇게 늦게 시작해? 전에 7시 공연이라고 하지 않았어? 그나저나 내 콘서트 장소는 왜 물어봐? 끝나고 만나고 싶어? 😊

나: 아니 그냥 어딘지 궁금해서. (하고 나는 튕겼다) 나는 10시쯤 끝나. 아니 10시 반인가?

스벤: 너 공연 한 시간짜리니까 10시 반에 끝날걸?

나: 아니 어떻게 나보다 더 잘 알아?" 🙂

스벤: 전에도 말했지만 난 언제든 만날 수 있어. 공연 끝나고 만날 수 있다면 난 행복할 거야. 물론 부담은 갖지 말고.

나: 😍

스벤: 아니 정정할게. 실은 오늘 밤 꼭 다시 만나면 좋겠어!

나: 집 주소가 뭐랬지?

공연이 끝난 후, 나는 다시 그의 집으로 갔다. 우리는 만난 지 4일 됐고, 이틀을 같이 잤다. 이런 걸 번갯불에 콩 구워 먹는 거라고 한다면, 맞다. 우린 지금 신나게 번갯불에 콩을 구워 먹는 중이다.

#6 세일링, 패러글라이딩
그리고 커들링

틴더 프로필에 스벤은 세일링, 패러글라이딩을 좋아하고 '커들링(cuddling)'엔 거의 중독 수준이라고 써놨다. 세일링, 패러글라이딩, 커들링. 처음엔 뭔가 다 스포츠 같고, 액티비티의 한 종류인 줄 알았다. 연애라고 부를 수 있는 진지한 만남을 거의 15년 전에 마지막으로 했던 나는 솔직히 연인들의 단어, '커들링'을 몰랐다. 뭐, 패들링 같은 건 줄 알았지.

서로 좋아하는 취미에 대해 이야기를 하다가 내가 말했다.

"그래, 넌 스포츠도 많이 하더라. 세일링도 하고, 패러글라이딩도 하고, 커들링도 하고."

그러자 스벤이 말했다.

"어, 커들링? 커들링은 껴안고 뒹굴뒹굴하는 건데? 난 아침에 커들링 하는 거 진짜 좋아해."

'젠장, 커들링이 그런 뜻이었다니.' 내 영어 무식이 탄로 나는 순간이었다.

"어? 그래? 난 패들링 같은 수상 스포츠인 줄 알았어. 그런 말 난생처음 들어본단 말이야!"

방귀 뀐 놈이 성낸다고 민망해진 나는 되레 큰소리를 쳤다. 무안해하는 나를 알았는지 그는 아무 일도 아닌 척 넘어갔다.

나: "잘 잤어?"
스벤: "응, 잘 잤어. (너도) 잘 잤어?"

이젠 한국말로 아침 인사도 능청맞게 주고받는 그는 매일 아침 나를 꼭 껴안고 등을 아래위로 크게 쓰다듬어 준다. 그의 큰 손바닥이 등에 닿을 때마다 뜨겁게 데운 돌로 마사지를 받는 것처럼 따뜻하고 작은 신음이 난다. "으음. 아이구, 좋다." 그리고 이어서 우리는 '세븐 세컨즈 키스 (7 seconds kiss)'를 한다. 자기 전이나 자고 난 후, 아니면 매일 아침저녁, 눈을 감고 입을 맞춘 채 7초 동안 가만히 있는 것이다.

"우리는 프레시한 커플이니까 이런 게 아직 필요 없지만, 그래도 아침에 눈 뜨자마자 너랑 매일 이 키스를 하면 좋을 것 같아. 이 키스는 원래 오래된 커플일수록 도움이 된대."

매일 반복하는 7초간의 키스가 서로에 대한 애정과 믿음을 확인시켜준다는 것인데, 스벤은 사람들의 관계, 특히 연인 간의 관계와 감정에 대한 이야기를 유독 많이 했다. 연인들이 어떻게 관계를 발전시킬 수 있는지, 그러려면 어떠한 노력이 필요한지, 어떤 대화와 행동이 도움이 되는지 등등. 단순한 자신의 생각을 말하는 게 아니라 정신분석학적인 글이나 기사, 그리고 [7] 알랭 드 보통의 인생학교에서 하는 강의나 워크숍에서 들은 내용을 주로 인용했다. 이 '세븐 세컨즈 키스'도 인생학교의 교육 과정 중 '관계'의 부분에서 '성숙한 사랑을 위한 둘 간의 습관 혹은 의식'으로 소개하는 내용이었다.

중요한 건, 이 키스는 하고 싶을 때든, 아니든 감정에 따르지 않고 무조건 한다는 것이다. 둘이 싸워서 기분이 좋지 않을 때도, 아침에 회의가 있어서 빨리 나가야 할 때도 빼먹지 말고 한다는 것. 물론 나는 베를린에서 한없이 게으른 여행자였고, 그리고 지금도 반 백수 상태이기 때문에 아침에 서둘러야 할 일이 거의 없지만, 사실 이 키스를 아침저녁으로 한다는 게 쉬운 일

은 아닐 것이다. 더구나 "가족끼리는 그러는 거
아니야"라고 말하는 중년 친구 부부들 사이에서
7초간 말없이 입술을 포개고 있는 건 돈을 준대
도 못 할 일이란 반응이 많았다.

하지만 이 키스의 진짜 의미는 친밀한 신체 접
촉이 사랑한다는 말이나 그 어떤 표현보다 훨
씬 우월하게 관계에 영향을 미친다는 데 있다.
7초 동안 상대 입술의 감각에 온전히 집중하고
코를 피부에 대고 마지막에 서로 미소를 지음
으로써, 서로에게 안심을 주고 지속적인 애정을
느끼게 되는 것이다. 키스를 하는 동안에는 내
가 오늘 뭘 해야 하더라, 어제 얘가 뭐라고 했더
라 등 특정한 생각을 안 하는 것도 중요하다. 그
냥 내 입술이 닿고 있는 상대의 말캉하고 촉촉
하고 부드러운 입술을 느끼는 것. 그렇게 7초가
지난 후엔 마주 보고 웃는 것. 이 사소한 의식이
연인 혹은 부부의 관계를 성숙한 사랑으로 이끌
어 준다고 한다.

만난 지 2주가 좀 지난 때였나. 여느 날처럼 11시
까지 침대에서 뒹굴뒹굴하다가 그가 나를 꼭 껴
안으며 말했다.

"네가 내 남은 인생의 파트너가 되면 좋겠어."

나는 너무 기뻤지만 의외로 놀랍지는 않았다.
우리는 이미 놀라울 정도로 많은 감정을 공유하
고 있었고, 현실적인 것(예를 들면 서로 가진 재
산)까지 솔직하게 털어놨다. 그가 감정에 겨워
순간적으로 한 말이 아니라는 걸 알 수 있었다.
"더 나이 들면 이탈리아 북부의 작은 도시에 집
을 사서 같이 살자"는 얘기를 하면서, 우리는 조
금씩 조금씩 더 깊은 사이가 되어가고 있었다.

제발 틴더라도 하라고, 아무 남자나 좀 만나라
고 닦달을 하던 정아는 내가 막상 남자가 생기
고, 푹 빠져서(?) 집에는 일주일에 한두 번 들어
올까 말까 한 지경이 되자 어리둥절한 상태가
되었다. 그러다가 점점 서운한 마음이 커졌다.
베를린에 오면 그래도 한동안 마음 터놓고 얘기
하고, 밤엔 같이 누워서 남편에게도 말하기 귀
찮은 소소한 이야기들을 나누는 친구였는데, 갑
자기 틴더로 만난 남자하고만 붙어 지내니 묘한
배신감이 들었다.

20년을 넘게 '베프'라 부르고 지낸 친구 사이라
면 누구나 공감할 것이다. 친구의 남자 친구에
게 본능적으로 갖는 질투심, 경쟁심 같은 게 여
자들에겐 있으니까(남자들에게도 있는지는 모
르겠지만). 나 역시 정아가 경리단길에 같이 바
를 열자마자 6개월도 안 돼서 남자를 만나고(그
것도 가게에 온 손님과!), 또 6개월도 안 돼서 결
혼을 하는 걸 보고 '저게 미쳤구나' 했다. 약간의
질투심도 났다. 당연히 기쁘고 행복하면서도,
마음 깊숙이 축하를 하면서도, 정아의 남편 이
노가 고맙고 좋으면서도 동시에 미웠다. 내 친
구를 빼앗아간 것 같아서. 같이 가게 문 닫고 '삘'
받아서 샴페인을 아작 내던 우리 둘만의 밤을
훔쳐간 것 같아서.

"너가 정말 인연을 만난 것 같아서 넘 기쁘고 좋
은데. 행복을 빌어주는 게 맞는데, 갑자기 모든
상황이 스벤 위주로 움직이니까 서운하고 짜증
이 났어. 스벤이 같이 할 수 없을 때만 집에 들러
서 시간을 보내고, 스벤이 오면 싹 가버리는 게
이해는 되면서도 기분이 좋진 않더라. 넌 누굴

만나면 확 빠져드는 스타일이고 그걸 내가 몰랐
던 것도 아닌데, 너무 오랜만에 연애하는 걸 봐
서 그런지 적응이 안 됐나 봐. 암튼 지금은 스벤
이랑 더 많은 시간 보내. 우리야 뭐 나중에 언제
든 같이 하면 되니까."
정아는 나중에 장문의 문자를 보냈다. 아침 9시
에 잠깐 정아 집에 들러 몇 가지 옷을 챙겨 나온
게 화근이었다. 스벤과 패러글라이딩을 가는 날
이었다. 내 행동을 보고 그간 쌓였던 감정이 터
진 건지 정아가 울었다. 친구의 눈물을 보고 나
도 덩달아 울었다. 날씨가 화창했는데, 머릿속
엔 먹구름이 가득했다. 차 안에서 정아의 문자
를 보고 한동안 불편한 마음이 가시지 않았다.
며칠 뒤 나는 짐을 챙겨서 스벤 집으로 왔다. 잠
깐씩 들러 필요한 옷과 화장품을 챙겨가는 게
눈치가 보였고, 정아에게도 미안했다. 여행 가
방을 들고 나가는 나를 보며 정아도 '저게 미쳤
구나' 했을 것이다. 이렇게 해서 나는 만난 지 열
흘 만에 남자 집으로 들어가게 되었다. 상상도
못 했던 베를린의 8월을 맞이하고 있었다.

#8 그래서 나이가 얼마나 많은데?

틴더에서 스벤의 프로필을 보고 마음에 들었던 건 자신이 좋아하는 시(!)를 적어둔 점과 그가 써놓은 마지막 문장이었다. 추신 같은 글이었는데, 내용은 이랬다.

"혹시나 궁금해하는 사람이 있을까 봐. 내게는 사랑하는 아이 둘이 있고, 더 이상 가질 계획은 없음."

간단명료한 문장이었는데, 꽤 솔직하다고 생각했다. 틴더에 뭐 이런 것까지 공개하는 사람이 있나 싶다가도, 그런 것까지 써놓은 점이 맘에 들었다. 틴더를 이용하는 여자 입장에서는 상대에 대한 충분한 정보를 갖고 시작할 수 있으니, 일종의 배려로 느껴지기도 했다. 적어도 "몇 번 만나본 남자가 마음에 들었는데 나중에 알고 보니 애가 둘이나 있는 이혼남이더라"라는 말을 할 일은 없을 테니까.

아이가, 그것도 둘이나 있는 남자라는 걸 알고도 만난 건, 사실 데이팅 앱을 통한 만남을 가볍게 생각했기 때문이다. 선을 보는 자리인데 '아이 둘 있는 이혼남'이라고 했다면 무척 망설였거나 아예 안 나갔을지도 모른다. 그만큼 시작은 가벼웠다.

문제는 우리가 가까워지고 난 다음이었다. 정작 그는 아이가 있는 것까지 써놨는데 나는 나이를 속였다. 원래 나이보다 다섯 살을 낮춰서, 그는 내가 자기보다 어린 줄 알고 있었다. 사실 내가 한 살 더 많다. 유럽에선 동양 여자들을 어리게 보니까 처음에 그는 나를 원래 나이보다 열 살도 어리게 봤다고 했지만, 나이 얘기가 나올 때마다 나는 속이 뜨끔뜨끔했다.

"틴더에 누가 자기 나이 그대로 쓰냐? 다 어리게 쓰지. 괜찮아. 나중에 깊은 사이가 되면 그때 밝혀도 돼."

틴더를 해본 사람들의 조언을 따랐을 뿐인데. 실은 40대 후반을 향해가는 나이는 내가 생각해도 막차 탄 느낌이라 되도록 밝히고 싶지 않았다.

그런데 더 이상 나이를 속일 수 없는 단계가 왔다. 우리는 이제 막 연애를 시작한 사람들이니까 모든 것이 좋고 새로웠지만, 그 와중에도 이것만은 꼭 지키자고 한 게 있었다. 그건 서로에게 절대 거짓말을 하지 않는다는 약속이었다.

"우리 어떤 일이 있어도 서로에게 솔직하게 말하기로 하자. 예를 들어 네가 술을 너무 많이 먹고 다른 남자랑 자는 일이 벌어졌다고 쳐. 그래도 서로 솔직하게 얘기하는 거야. 나한테 사실을 말하는 게 두렵고 상처 주는 게 싫어서 숨기고 싶겠지만, 그래도 솔직하게 말해주길 원해. 그러면 나는 이해할 거야. 그래야 우리가 어떻게 그다음 상황을 해결해 나갈지 같이 고민할 수 있어. 하지만 거짓말은 그 기회를 만들 수 없고, 서로에 대한 신뢰를 무너뜨리게 돼. 약속해줘, 서로에게 솔직하기로."

그래, 그렇게 하자. 대답은 그렇게 했는데, 나이를 속이고 있는 게 계속 마음에 걸렸다. [8] '호키포키'에서 아이스크림을 사서 공원에 앉아 먹다가 다시 '솔직함'에 대한 이야기가 나왔다. 아무래도 오늘은 나이를 밝혀야겠다고 생각했다.

"실은 너한테 말할 게 있어. 내가 거짓말을 한 게 하나 있어…"

이런 와중에 왜 실없이 자꾸 웃음이 나는 건지, 그건 아마도 나이를 속인 게 창피해서 상황을 무마해 보려는 나의 무의식적 수작이었을 거다.

"응, 뭔데? 무슨 거짓말인데? 심각한 거야? 왜 대답을 안 해줘. 빨리 말해봐. 나 지금 너무 긴장돼."

"근데 이거 말하면 너가 너무 실망해서 날 안 만날지도 몰라."

내가 계속 대답을 안 하고 뜸을 들이자, 그는 점점 불안해하더니 급기야 떨면서 울었다.

"제발 빨리 말해줘…. 이렇게 말 안 하고 있는 게 나한텐 더 심한 고문이야. 도대체 무슨 거짓말이야. 혹시 그때 틴더남 만나서 잔 거야? 안 만난다고 하고선 만났던 거야? 그거지? 맞아? 도대체 뭔데."

"어? 틴더남? 언제? 누구? 아니, 아니야, 그런 거 아니야. 실은 내가 너보다 나이가 많다고. 내가 나이를 속였다고. 나, 너보다 안 어려."

갑자기 울기 시작한 그의 모습에 깜짝 놀라서 나는 허겁지겁 말했다. 스벤에게 다시 불안 장애가 온 것 같았다.

"오 마이 갓. 정말 그거야? 나이 때문에 이렇게 뜸을 들인 거야? 그게 무슨 대단한 거짓말이라고! 난 정말 끔찍한 걸 상상했어. 정말 나이인 거지? 다른 거 없는 거지?"

그는 눈물 콧물 범벅이 된 채 말했다. 난 너무 당황하고 미안해서 뭘 어떻게 해야 할지 몰랐다. 조금씩 안정을 찾은 듯한 그가 다시 물었다.

"나이를 속인 거짓말이어서 정말 고마워… 그래, 그래서 나보다 나이가 얼마나 많은데?"

"한 살…."

다 먹지 못한 그의 아이스크림이 손가락 사이로 흘러내린 뒤였다. 나는 다시 튀어나온 그의 불안에 진땀을 뺐다. 나의 나이를 아무렇지도 않게 받아들여준 건 고마웠지만, 생각지도 못한 그의 눈물 콧물을 봐서 또 당황스러웠다. 그를 달래주고 정아네 집으로 돌아왔다. 이렇게 조금씩 그를 알아가는 수밖에는 없겠다고 생각했다. 오늘은 스벤이 아이들과 지내는 주말이었다.

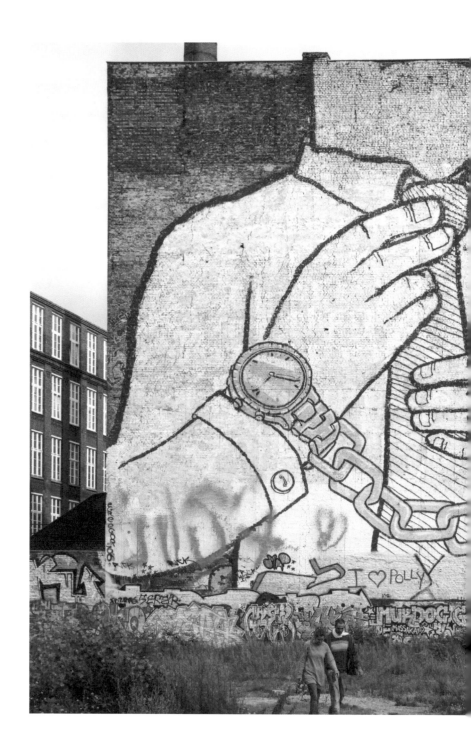

#9

나의 불안이 감기처럼 찾아온 것뿐이야

스벤은 서로에게 '올인'하기를 원했다. 사실 다른 틴더남을 더 만나보고 싶은 욕심도 있었다. 틴더 데이트 네 번 만에, 남자 운명 끝이라니 하는 '간사한' 마음이 들었다. 더 괜찮은 사람을 만날 수도 있지 않을까 하는 유혹도 있었다.

우리는 처음에 마음의 온도가 달랐다. 그의 온도가 나보다 훨씬 높았다. 그런 마음을 아는 것이 좋으면서도 한편으론 부담스러웠다. 아무리 남 일에 신경 안 쓰는 베를린이라지만, 어딜 가든 나를 껴안고 시도 때도 없이 뽀뽀를 하는 그가 버거웠다. "그냥 좀 가만히 가자"라고 하면 너는 왜 아무도 안 보는 눈치를 혼자서 보느냐, 혹시 내가 싫어진 거냐 묻고 또 물었다. 솔직히 그런 면이 나를 조금 지치게 했다.

처음에 만난 스벤은 논리적이고, 유머 있고, 자신감이 있어 보이는 사람이었다. 하지만 내게 사랑을 갈구하는 지금의 스벤은 자존감이 낮고 (자신이 매력적이지 않아서 언제든 내가 떠날지 모른다는 불안에 시달렸다), 우리 관계에 대해 끊임없이 불안해하고 걱정하는 사람이었다. 우리가 같이 살아보기로 결정한 다음에도 그의 불안은 불쑥불쑥 찾아왔다.

"나한테 질린 거 아니지? 서울에 돌아가서 날 잊는 거 아니지? 베를린으로 오겠다는 마음이 변하는 건 아니지?"

그는 끝도 없이 물었다. 그리고 울었다.

"아니 도대체 왜 자꾸 그런 걱정을 하는 거야? 널 좋아한다고 매일같이 말하는데, 네 옆에 있겠다고 하는데 왜 그런 생각을 해?"

처음에 나는 그의 반복되는 질문을 이해할 수

없었다. 똑같은 대답을 계속해야 하는 게 때론 귀찮고 성가셨다. 하지만 나의 이런 되물음이 그에겐 아무 도움이 안 된다는 걸 나중에 알았다. 그도 그런 걱정을 일부러 하려고 하는 게 아니란 걸 알게 됐다.

"불안해서 그래. 불안하니까 너한테 계속 확인받으려는 거야. 네가 날 좋아한다는 걸, 나랑 계속 같이 있고 싶다는 걸 자꾸 말로 들어야 안심이 돼. 왜 불안해하냐고? 특별한 이유가 있는 게 아니야. 나의 불안이 그냥 감기처럼 찾아오는 거야."

그가 불안해할 때마다 내가 할 수 있는 일이 별로 없다는 걸 알았다. 내가 감기 약을 사다 주고 그의 몸이 따뜻해지도록 안아줄 수는 있겠지만, 그의 감기가 나을 때까지 시간이 필요한 것처럼, 결국 내가 직접 해결해 줄 수 있는 게 없었다. 우울증, 불안 장애 등에 대해 나는 아는 게 거의 없었다. 남자 친구가 겪은 경험을 통해, 그의 말을 통해, 그가 배운 심리학 지식을 통해 나도 조금씩 같이 알아갈 뿐이었다.

나 또한 스벤을 만나기 전, 냉소적이며, 스스로에 대한 자신이 없고, 우울한 마음이 한 편에 있었다. 그 우울함은 사실 <타임아웃 서울> 매체를 그만둔 이후부터 조금씩 생겼다. 온 애정을 쏟아부어 만든 매체를 예상치 못한, 심지어 어처구니없는 상황으로 접어야 했던 것이 내겐 큰 상처와 우울이 됐다. 그런데 애써 괜찮은 척, 밝은 척하며 지냈다. 곧 괜찮아질 거라고 방치했다. 여름마다 베를린으로 온 건, 사실 일종의 도피였다. 어디로든 서울이 아닌 곳으로 떠나고 싶었고, 베를린에 오면 그나마 잠시 위안을 얻을 수 있었다.

비슷한 시기에 우울증을 겪는 또 다른 친구가 있었다. 그는 잘나가는 온라인 매체의 편집장이었고, 사회적으로 활발한 활동과 좋은 영향력을 끼치는 사람이었다. 우리는 만나서 서로의 상황을 털어놓고 동병상련의 아픔 같은 걸 공유했다. 그는 당시 병원 상담을 막 받기 시작했다면서 내게도 병원에 가보라고 권유했다. 정신 상담을 받는 것이 더 나은 일이란 걸 머리로는 알고 있었지만, 결국 나는 병원에 가지 않았다. 그렇게 심각한 게 아니라고 스스로 미뤘고, 어쩌면 내가 아프다는 걸 확인받는 게 두려웠는지도 모르겠다. 친구는 나중에 자신이 우울증에 걸렸다는 걸 SNS상에 알렸다. 우울증과 관련된 기사들을 그가 몸담은 매체에도 전에 없이 많이 올렸다. 그 다양한 기사들을 읽으며 나도 우울증에 대해 좀 더 배울 수 있었다. 가끔 스벤과 같이 기사를 읽으며 생각을 공유하기도 했다. 친구가 공유해 준 기사들이 스벤과의 관계에도 많은 도움을 주었다.

"불안 장애나 우울증은 천식 같은 거야. 천식을 앓고 있는 사람한테 공기가 이렇게 많은데 왜 숨을 못 쉬냐고 묻지는 않잖아. 천식이 병인 것처럼 우울증도 그냥 병인데 사람들은 왜 너 같은 사람이 왜 우울증에 걸리냐고 묻지. 우울증은 감기처럼 누구나 걸릴 수 있는 건데 말야. 그렇다고 감기처럼 놔두면 낫는 건 절대 아냐. 마음에 힘든 게 있다면 꼭 서로 얘기해야 돼. 아무리 사소한 거라도 서로 나누고 공유하는 거야."

처음엔 그가 아프니 내가 지켜줘야 한다고 생각했다. 하지만 자주, 그의 말에 내가 위로받고 울었다. 우리가 서로에 대해 이야기할 때, 초반의 나는 자주 울음을 삼켰다. 감정을 숨겼다. 남자 앞에서 우는 게 익숙하지 않았다. 누군가를 한참 사랑했을 땐 모든 걸 같이 공유한 것 같은데, 그게 언제였는지도 가물가물했다. 연애 따위 사랑 따위 잊고 산 지 오래였다.

언제부턴가 나는 내 감정이 어떤 건지 드러내고 싶지 않았고, 스스로도 깊게 들여다보지 않았다. 그건 3년 넘게 만나면서도 내게 한번도 감정을 내보이지 않았던 한 남자와, 어떻게도 정의 내릴 수 없었던, 그리고 아무에게도 말할 수 없었던 관계 때문에 생긴 마음의 벽이었다.

내가 울음을 삼킬 때마다 스벤은 귀신같이 알았다. 그리고 내 등을 쓰다듬으며 속삭였다.

"울고 싶으면 그냥 울면 돼. 아무도 뭐라고 하지 않아. 네가 다 울 때까지 내가 옆에 있을 거야."

나는 그 말에 더 울었다. 울고 나면 진이 빠질 때도 많았다. 침대에서 일어나기도 힘들었지만, 동시에 뻥하고 속이 뚫리는 느낌도 있었다.

"날 떠나지 않을 거지? 계속 나랑 계속 같이 있을 거지?"

오늘도 그가 똑같은 불안의 질문을 한다. 이제는 왜 또 묻냐고 되묻는 대신, 그의 얼굴을 쓰다듬으며 몇 번이고 속삭여준다.

"응, 난 너랑 같이 있을 거야. 널 떠나지 않을 거야. 너도 내 옆에 있어줄 거지?"

내가 듣고 싶은 말. 그 말을 아끼지 않고 스벤에게 한다.

베지테리언과 연애하기

나는 고기파다. 고기는 안 가리고 다 잘 먹는다. 삼겹살을 좋아하고, 엄마가 만들어주는 떡갈비는 일주일도 넘게 먹을 수 있다. 우래옥에서 먹는 불고기를 평양냉면만큼이나 사랑하고, 다른 사람들이 아무렇게나 굽는 한우는 가만히 보고 있을 수가 없다. "내가 구울게!" 신경질적으로 올라가는 내 목소리에 친구들은 슬그머니 집게를 넘긴다.

이런 내가 사귀는 사람이 베지테리언이라니. 이 연애를 얼마나 오래 할 수 있을까, 솔직히 처음엔 나도 자신이 없었다. 다른 건 다 양보해도 고기는 포기 못 할 줄 알았다. 남자 친구가 채식주의자라고 했을 때 친구들의 반응도 다르지 않았다.

"앗, 이동미 큰일 났네. 고기 못 먹어서 어떻게 만나. 너 고기 못 먹으면 히스테리 장난 아니잖아. 아무래도 오래 못 가겠는데!"

그래, 나도 엄청 힘들 줄 알았다. 그런데 의외로 잘 지낸다(아직까진). 베를린에선 신기하다 싶을 정도로 9) 비건 레스토랑에 자주 간다. 남자 친구를 위한 희생이냐고? (네, 그런 배려심은 일단 태어날 때부터 없고요) 일단 채식 메뉴가 생각보다 맛있다. 먹을 만한 정도가 아니라 진짜 맛있다. 스벤은 치즈와 우유, 생선까지 먹는 페스코 베지테리언인데, 우리는 세이탄(seitan, 밀고기)이 들어간 쌀국수라든지, 비건 햄과 세이탄, 야채와 해산물이 들어간 커리 덮밥 등을 즐겨먹는다. 엄마의 곰탕처럼 만족스러운 한식을 찾기 힘든 베를린에서는 오히려 이런 채식 메뉴가 더 만족스럽다.

일반 레스토랑에도 채식 메뉴가 잘 갖춰져 있다. 채식 메뉴로만 두세 개를 고를 때도 많다. 물론 고기가 먹고 싶을 땐 고기 메뉴를, 그는 채식 메뉴를 사이좋게 주문해 먹는다. 최근에 간 비건 레스토랑에선 눈이 동그래질 만큼 맛있어서 놀랐다. 비건 음식에 대해 새로 눈을 떴달까. 밀로 만든 고기는 식감이 진짜 삼겹살처럼 쫄깃쫄깃해서 그냥 고기라고 해도 믿을 것 같았다. 베트남 쌀국수 국물은 고기 국물도 아닌데 왜 이렇게 입에 착착 감기는지. 베를린에서 자주 오고 싶다고 생각한 음식점이 비건 레스토랑이라니. 내가 생각해도 웃겼다.

"왜 베지테리언이 됐어?"

그를 만난 첫날 물어봤던 것 같다.

"공장에서 비윤리적으로 동물을 사육하고 고기를 생산하는 육류산업에 반대하기 때문이야. 내가 쓰는 돈이 그곳으로 가는 게 싫어. 고기를 안먹은 건 14살 때부터인데, 그렇다고 고기를 아예 안 먹는 건 아니야. 내 아이들이 먹다 남긴 고기는 일부러 먹기도 해. 버려지려고 죽은 애들이 아니니까. 그리고 야생에서 자유롭게 살다가 사냥꾼에게 잡힌 고기는 가끔 먹어. 걔네는 행복하게 살다가 간 거니까. 아이들한테도 항상 먹을 수 있는 만큼만 주문하고, 시킨 고기는 다 먹으라고 하지."

그가 종종 아이들이 먹다 남긴 고기를 먹는 걸 본 적이 있다. 즐거워서 먹는 게 아니란 건 표정에서 이미 알겠다. 도저히 못 먹겠는 건 그도 남긴다. 하지만 원래 음식을 안 남기고 다 먹는 스타일이라 버리는 경우가 별로 없다. 더구나 그게 고기라면 남이 주문한 음식이라도 버리지 않으려고 대신 먹는다.

스벤과 연애를 시작하고서, 나도 가급적이면 음식을 남기지 않으려고 애쓰게 됐다. 특히 고기의 경우는 내가 다 먹을 수 있는 경우에만 시키게 됐다. 기본적으로 양이 많아서 고기 메뉴를 시키면 남기는 경우가 많은데, 다 못 먹을 것 같으면 그냥 채식 메뉴를 시킨다. 그리고 구워 먹는 고기는 좋아하지만 물에 빠진 고기(국물 속 고기, 육즙이 빠져나간 고기는 맛있는 줄 모르겠다)는 원래 좋아하진 않아서 의식적으로 덜 시키게 됐다. 고기가 들어간 순두부보다는 해산물 순두부를, 소고기보단 세이탄이 들어간 쌀국수를 자주 먹는다. 나이가 들수록 고기를 씹으면 어금니 사이에 자주 끼는 것도 불편했는데, 세이탄은 그런 거슬림이 없어 좋다.

나는 베를린에 와서 무의식적으로 고기가 들어간 메뉴를 시키고 남기는 반복을 줄였다. 고기를 끊겠다는 생각을 해본 적은 없다. 그건 아마 불가능하겠지. 하지만 더 많은 비건 음식과 레스토랑을 경험해 보고 싶은 마음이 생겼다. 이 새로운 고기 식감과 맛에 전에 없던 흥미를 느끼고 있기 때문이다.

'앗, 이동미 큰일 났네. 너 고기 못 먹으면 히스테리 장난 아니잖아. 아무래도 오래 못 가겠는데!"

PART 3

베를린, 여름

#1 한여름 밤, 영화 데이트

베를린에서 여름에만 할 수 있는 것, 여름이라서 해야 하는 것이 있다. 바로 오픈에어 시네마(야외 영화관)에 가는 것이다. 이 좋은 걸 베를린 다닌 지 12년 만에 남자 친구가 생겨서 처음 해봤다. 우리가 간 곳은 크로이츠베르크(Kreuzberg)의 마리아넨플라츠 안에 있는 야외 영화관 10) '프라이루프트 키노'. 10여 년 전, 이 근처에 사는 친구 집에서 잠깐 겨울을 난 적도 있는데, 여기에 야외 영화관이 있는 줄은 전혀 몰랐다. 베를린을 웬만큼 안다고 생각하다가도 이럴 때 보면 아직도 멀었지 싶다.

"베를린에서 야외 영화 보는 거 이번이 처음이야. 이런 데 한 번도 안 와봤어."

고백하듯이 말하자, 스벤은 베를린을 10년 넘게 다녔다면서 한 번도 안 와봤냐고 되레 물었다. 그러게 왜 아직 안 와봤을까? 외국 도시에서 영화를 본 일이 거의 없다. 영화보다는 항상 뮤지컬이나 서커스, <블루맨 그룹> 같은 특별한 공연을 먼저 챙겨 봤다. 영화는 비좁은 비행기 안에서 보는 걸로 충분했고, 여행자인 나에게 영화관은 그 도시에서 가야 할 1순위가 아니었다. 언제 어디서든 영화를 볼 수 있다는 생각 때문이었는지도 모르겠다.

하지만 베를린의 야외 영화관은 달랐다. 이제야 알게 된 것이 억울할 정도다. 우리는 공유 전기 스쿠터를 타고 한 시간 일찍 도착했다. 벌써 줄을 선 사람들이 있었다. 영화는 인터넷으로 미리 예매를 해둔 상태라 시간 맞춰 와도 되지만, 좌석이 지정되어 있는 게 아니라서 원하는 자리에 앉으려면 1시간 전에는 오는 게 좋다. 영화 시작 30분 전, 문이 열렸다. 사람들이 능수능란하게 비치 베드를 들고 좋은 자리를 찾기 시작했다. 스크린과 가까운 쪽에는 비치 베드를 펼 수 있고, 그 뒤로는 그냥 플라스틱 의자에 앉게 되어 있었다. 스벤도 재빠르게 비치 베드 두 개를 챙겨서 중앙에 자리를 잡았다. 그러고는 맥주를 사 오겠다고 매점에 가서 줄을 섰다. 매점의 불빛이 서커스장 조명처럼 발랄해 보였다.

그를 기다리며 천천히 주변을 둘러보았다. 사방이 나무로 둘러싸여 있고, 사람들의 자리 뒤쪽으로는 공장인지 교회인지 모를 오래된 11) 건물이 보였다. 예매한 영화는 서울에서부터 보고 싶었던 <그린 북(Green Book)>. 영화는 밤 9시가 넘어야 시작할 터였다. 하늘은 아직도 한낮처럼 환했다. 생맥주를 마시며 영화를 기다리는 사이, 조금씩 핑크빛으로 물드는 하늘이 보였다. 싱그런 나무 냄새를 맡고, 맥주를 마시며 영화를 기다리는 시간이 하나도 지루하지 않았다. 오히려 영화가 끝나고 바로 나가야 하는 게 아쉬웠을 정도. 야외 영화관은 여름 데이트 코스로 단연 최고였다. 데이트가 아니더라도 7~8월에 베를린을 가는 사람이라면 꼭 챙겨 가면 좋겠다. 영화를 다 보고 나니 11시가 훌쩍 넘었다. 시간 감각이 무뎌졌고, 사방은 어두웠다. 비치 베드를 제자리에 갖다 두고 다시 스쿠터를 타고 그의 집에 왔다. 정아네서 자는 날보다 스벤 집에서 자는 날이 더 많아지고 있었다.

#2 일주일 기념 식사

"오늘은 우리가 만난 지 일주일 되는 날!"

그의 말이 귀여워서 웃음이 났다. 내가 100일, 1000일은 챙겨 봤어도 일주일 기념은 20대에도 안 해본 짓인데. 하지만 서울로 돌아가기 전 우리가 만날 수 있는 날은 한 달 정도밖에 없기에 기꺼이 우리의 일주일을 기념하기로 했다.

생선 요리를 먹기로 했다. 작년 여름엔가 베를린에 사는 친구들이랑 왕창 몰려가 먹었던 터키 집이 생각나 그곳으로 가자고 먼저 제안했다. 우리나라로 치면 빙어 튀김 같은 터키의 함시(hamsi) 튀김을 먹을 수 있는 곳이었다. 하지만 문 닫는 날을 확인 안 하고 가는 바람에 우리는 가장 바쁜 저녁 시간에 급하게 대안을 찾아야 했다.

"근처에 내가 종종 가는 ¹²⁾ '피슈파브리크'라는 레스토랑이 있어. 값비싼 레스토랑은 아니지만, 각종 해산물도 신선하고 생선 요리도 맛있어. 거기로 갈까?"

타이밍 적절한 그의 제안에 따라 급히 장소를 옮겼다. 야외에 앉고 싶었지만 가장 바빠지는 저녁 시간이어서 자리는 실내의 중앙 테이블밖에 없었다. 그가 데려간 곳은 이스탄불의 바닷가나 리스본에 있을 것 같은 분위기의 작고 소박한 레스토랑이었다. 한쪽 벽면이 하얀색 타일로 이루어진 이곳의 유리 냉장고에는 연어와 새우, 문어 등의 생물이 진열되어 있다. 메뉴는 그날그날 들어오는 신선한 생선과 해물로 구성된 플레이트를 판다.

우리는 그곳에서 각종 샐러드와 생선 요리가 한 접시에 담겨 나오는 플레이트를 먹었다. 키조개

와 바지락, 관자, 구운 연어와 농어가 푸짐하게 담겨 나왔다. 독일식 구운 감자인 브라트카르토 펠른(bratkartoffeln)도 곁들여 있었다. 샤르도 네 와인 두 잔까지 포함한 이 2인용 플레이트 의 가격은 39.50유로. 베를린에서 각종 해산물 을 이 가격에 먹을 수 있다는 건 분명 놀라운 일 이었다. 여기에 와인까지 포함되어 있다니!

'역시 독일 애들은 13) 이런 델 잘 찾아. 허투루 돈 을 안 쓴다니까.' 배가 고팠던 우리는 방금 요리 한, 푸짐한 해산물을 순식간에 먹어 치웠다. 고 급스러운 분위기는 아니지만, 다들 폼 잡고 인 스타 사진 찍는 곳이 아닌 것도 좋았다(베를린 에는 그런 곳이 상대적으로 적기도 하지만). 한 동안 스벤이 추천하는 곳도 많이 가보게 되겠 지. 그것도 내게는 새로운 재미가 될 거라고 생 각했다.

#3

베를린 호숫가에서 먹는 비빔밥

베를린의 여름은 한국처럼 후덥지근하진 않지만, 에어컨이 거의 없어 견디기 만만찮다(특히 에어컨 없는 여름 지하철 안은 그야말로 '죽음'이다). 그런데 신기하게도 호숫가나 공원만 가면 금방 시원해진다. 온도가 2도는 내려가는 느낌이다. 이래서 베를린 사람들이 틈만 나면 호수 가고 공원 가고 하는구나 싶었다. 베를린에는 에어컨을 설치한 집이 많지 않아서 어디로든 더위를 피해야 하는데, 엄한 데 돈을 잘 안 쓰는 독일인들에겐 돈 안 드는 호수가 최고인 것이다. 물론 자연 속에 있는 걸 무엇보다 좋아하기도 하고.

친구들과 고르고 골라 현지인이 많이 간다는 [14] 크루메랑케 호수에 갔는데, 장소를 잘못 잡은 건지, 현지인이 가는 곳은 따로 있는 건지, 우리가 자리를 잡은 곳은 파라솔만 없다뿐 한여름 해수욕장처럼 사람이 많았다. 그나마 1시 전에 도착해서 다행이지 3시가 넘어가자 빈자리가 하나도 없었다.

그동안 호수라고 해봐야 티어가르텐(Tiergarten) 안에 있는 '카페 암 노이엔 제'에서 배를 타거나, 쿠담 비치에 누워 있는 게 전부였는데 여름마다 베를린에 가다 보니, 점점 새로운 물가를 찾게 됐다. 특히 2년 전부터는 베를린에서 한 시간 넘게 가야 하는 호수로 반경을 넓혔다. 뮈겔제 호수도 그렇고, 좀 멀긴 해도 대부분 대중교통으로 쉽게 갈 수 있다. 화이트 와인, 살라미 등 먹을 것과 돗자리만 잘 챙겨 가면 호숫가에서도 휴양지 부럽지 않은 시간을 보낼 수 있다.

크루메랑케는 이번 여름에 유난히 많이 들은 이름이었다. 물이 제일 깨끗하다, 젊은 현지 애들이 많이 간다는 평이었다. 틴더로 얘기만 하다 '쫑' 난 근육남 베를리너도 크루메랑케가 가장 좋다고 조언해 줬다. 자기도 며칠 전에 다녀왔다면서.

그래서 30℃가 넘어간 어느 금요일 낮, 크루메랑케 피크닉 팀을 급결성했다. 멤버는 크나와 다희와 나. 중간 지점에서 만나 장도 봤다. 화이트 와인을 세 병 사고(각 일 병씩 마실 것이므로), 과일과 샐러드, 살라미, 치즈 등을 주렁주렁 사 들고 갔다. 돗자리 두 개를 붙이고 얼음까지 챙겨 차게 식힌 화이트 와인과 음식을 오후 내내 먹었다.

하지만 뭐니 뭐니 해도 크루메랑케에서 먹은 최고의 음식은 크나가 준비해 온 비빔밥이었다. 아침 내내 나물을 볶았다는 그녀는 북한산 비박도 가능할 것 같은 큰 배낭을 메고 나타났다. 그 안에는 각종 나물과 밥, 달걀 프라이는 물론 한꺼번에 넣고 비빌 수 있는 큼지막한 '스댕' 그릇도 두 개나 들어 있었다. 다들 물놀이하러 왔는데 우린 먹으러 온 사람들처럼 둘러앉아 밥을 비볐다. 경치 좋은 베를린 호숫가에서.

참기름 두르고 고추장 넣어 쓱쓱 비벼 먹은 크루메랑케의 비빔밥은 정말이지 내 인생 최고의 비빔밥이었다! 부른 배로 내내 누워있다가 해가 쨍쨍한 모래사장으로 가서 선탠도 하다가 타 죽을 것 같으면 호수로 뛰어들었다. 물도 엄청 시원했다.

호숫가에서 유일하게 불편한 점이라면 근처에

화장실이 없다는 것이다. 그래서 호수 주변 숲 속은 온통 휴지 천지다. 오줌 누고 싶은 곳이 다 비슷한 건지, 숲속에 유난히 휴지가 모여 있는 곳이 있다. 처음엔 누가 볼까 조마조마한 마음 으로 급하게 볼일을 보지만 이것도 하다 보면 요령이라고, 이제는 숲에서도 싸고, 물에 들어 가서도 싼다. 사이좋게 숲으로 들어가 갈라지며 후배가 말했다.

"베를린에서 살다 보면 방광이 튼튼해져요. 아 무 데나 화장실이 있는 게 아니고, 공중화장실 이 있어도 50센트(약 750원) 씩 돈을 내야 하니 까 확실히 화장실을 덜 가게 돼. 나도 모르게 튼 튼한 방광을 갖게 된다니까요."

베를린의 여름은 해가 길다. 9시가 넘어야 슬슬 해가 진다. 저녁 6시도 대낮 같아서, 이 시간이 되면 하루가 다시 시작되는 기분이 든다. 여름 하루 속에 짧은 낮이 하나 더 들어 있는 느낌이 랄까. 저녁 6시가 넘어서야 우리는 슬슬 돗자리 를 걷어 나왔다. 아직도 중천에 뜬 해를 느끼며 작은 하루를 다시 시작하기 위해서.

#4 정아가 그린
큰 그림

스벤과 자는 것이 점점 편해지고 있다. 팔베개를 해주는데, 자는 내내 풀지를 않는다. 팔베개를 하더라도 어느 정도 시간이 지난 후엔 둘 다 편한 자세로 자기 마련인데, 스벤은 집요하게 (?) 아침까지 팔을 뻗고 있다. 초반엔 자다가 팔을 빼면 오히려 불안해서 불편해도 참고 잤다. 그러다 일어나면 목이 안 돌아갈 정도로 뻣뻣할 때도 많았다. 이러다 목 디스크 오는 거 아녀? 걱정도 되었지만, 어느덧 그 상태에서도 숙면을 취하는 요령을 터득하게 됐다. 최근 며칠은 정말 깊게 잔 듯하다.

우린 '늦게 일어나기의 달인'이었다. 일찍 일어난다고 일어나면 10시, 몸을 부비다 마음이 동해 섹스를 한번 하고 다시 잠들면 어김없이 정오가 넘었다. 아침을 오후 1~2시에 먹는 일도 다반사였다. "우린 정말 최악이야" 중얼거리며 일어나는 아침이 반복됐다. 베를린이니까 가능한 일상이라고 자기최면을 걸었다.

"아직도 자냐?"

정아의 문자는 어느새 아침 인사가 되었다.

"아니, 일어났어. 방금 아침 먹었지. 오늘 몇 시에 만날까?"

답장을 보냈다. 정아와 이노, 나와 스벤의 더블 데이트가 있는 날이다. 정식으로 넷이 만나 저녁을 먹고 이야기를 나누는 밤이라 기분이 설렜다. 정아가 '쵸이(Choi)' 레스토랑을 추천했다.

쵸이 레스토랑은 한식을 파인 다이닝 코스처럼 내는 곳이다. 전통 한식을 기본으로 하되, 한입 거리 아뮈즈부슈(amuse-bouche)부터 애피타이저, 메인, 디저트까지 정갈하게 구성해 선보인다. 메뉴는 베지테리언을 위한 '신선', 생선 위주로 구성한 '선비', 육류를 중심으로 한 '수라'의 세 가지 코스가 있다. 이날 우리는 김부각을 아뮈즈부슈로 시작해 죽과 깔끔한 동치미를 애피타이저로, 화양적과 애호박전을 그다음 순서

로, 호박과 오이, 버섯볶음 등의 반찬과 밥, 그리고 본식을 떡갈비와 생선 중 고르고, 셰프가 직접 만든 아이스크림을 디저트로 먹었다. 1인분 음식이 목기와 놋그릇에 정갈하게 담겨 나왔다. 이 집이 특별한 건 김부각과 동치미, 배추김치 등 손 많이 가는 모든 음식을 직접 만들기 때문이다.

무엇보다 베를린에서 이런 고급 한식을 즐길 수 있다는 것이 인상 깊었다. 비빔밥과 불고기로 통칭하던 한국 음식이 최근 몇 년 사이 베를린에서 가장 핫한 음식이 되었고, 이런 파인 다이닝 콘셉트의 음식점까지 생겨 뿌듯했다. 15) 베를린에서 가본 한식집 중엔 이곳, 쵸이가 제일 독창적으로 느껴졌다. 좋은 재료를 직접 담그고 만들어서 하나하나 정성스레 구현해낸 맛에서 진정성도 느껴졌다. 맛있게 저녁을 먹고 화이트 와인 두 병까지 비운 우리는 기분이 들떠서 베켓츠 코프로 2차를 갔다. 벨을 누르고 들어간 바에서 넷이 다닥다닥 붙어 앉아 술을 마셨다.

정아 때문에 틴더를 시작하게 되었고, 스벤을 만나게 된 이야기까지, 우리가 얼마나 가까운 친구 사이인지 기나긴 이야기가 오갔다.

"동미가 베를린에서 남자 친구가 생기길 바랐어. 물론 동미를 위한 일이지만, 잘 되면 동미가 베를린에서 살 수도 있을 테니까. 그럼 나랑 같은 도시에서 사는 거니까. 그게 내가 원래 그린 큰 그림이었지! 하하하."

정아의 큰 그림대로 베를린에서 남자를 만나고 이렇게 다 같이 저녁을 먹다니. 사람 일은 정말 모를 일이다.

#5

알몸은 둘만 봐야
하는 거 아이가?

베를린에서 꼭 하고 싶은 두 가지가 있었다. 하나는 베르크하인(Berghain)에 가는 것이고, 다른 하나는 16) 바발리(Vabali)에 가는 것이다. 베를린 클럽의 성지, 아무나 들어갈 수 없어서 더 애간장이 타는 곳, 일단 들어가면 세상 어디에도 없는 원초적 하드코어 신을 겪게 될 베르크하인을 아직까지 못 가봤다. 한때 테크노 음악에 영혼을 바친 나를 아는 친구들은 "네가? 베르크하인을 안 가봤다고?" 하며 의아해했지만, 이상하게 그곳에 갈 기회가 생기지 않았다. 뭐, 시도해도 못 들어갔을 확률도 높지만. 아무튼 연애를 시작하고 난 지금은 더 가기가 힘들어졌다.

바발리는 이번 여름에 그 존재를 알았다. 베를린에 있는 게이 친구들이 알려줬다. 발리에 있는 큰 스파 단지처럼 부지 안에 레스토랑과 수영장, 넓은 정원이 있고, 사우나는 열 개 넘게 있다. 무엇보다 남자 여자가 나체로 같이 이용한다. 독일의 사우나에 대해 들어본 사람이라면, 혼욕 문화라는 걸 이미 알고 있을 것이다. 남녀가 같이 들어가는 공용 사우나가 아주 낯선 건 아니다. 슬로베니아의 스파 도시인 블레드(Bled)에서, 핀란드의 스파 마을인 로바니에미(Rovaniemi)에서 혼욕 사우나를 해봤다. 하지만 내가 이용했을 때는 남자들이 거의 없어서 긴장은 했지만 충격은 없었다. 베를린에서는 그 유명하다는 터키식 목욕탕 하맘(Hamam)도 아직 안 가봤고 바발리도 신세계였다. 잘 아는 사람이 동행하지 않으면 애먹을 것 같아 엄두를 못 내던 차였다. 그런데 스벤과 얘기를 나누다 바발리 얘기가 나왔다. 그는 바발리 가는 걸 좋아한다며 이것저것 자세히 설명해 줬다.

"한겨울에 사우나에서 몸 달구고 정원을 걷는 게 얼마나 좋은지 몰라. 하나도 안 추워. 뜨거운 데 있다가 마시는 겨울 공기가 엄청 상쾌해. 2층에는 벽난로도 있어. 거기 라운지에서 밤에 레드 와인 마시는 것도 너무 낭만적이야."

가죽 재킷을 입어야 하던 7월 말, 우리는 드디어 바발리에 입성했다. 오후 2시에 들어가서 문 닫는 자정에 나왔다. 야외 수영장에서 알몸으로 수영하고, 인퓨전 사우나 네 번 하고, 점심 저녁 거기서 다 먹고, 스벤 말대로 벽난로 앞에서 레드 와인도 마셨다. 가장 좋았던 것은 역시 사우나.

바발리 안에서는 모두 가운을 입는다. 그러다 사우나에 들어갈 때는 가운을 밖에 고이 걸어 두고 알몸으로 들어간다. 안에 들어가면 계단식 나무 의자에 줄줄이 앉아 있는 사람들과 마주한다. 나체의 사람들이 안을 꽉 채우고 있다. 처음엔 어디에 눈을 둬야 할지 몰라 허공을 쳐다보고 어색한 티 안 내려고 자연스러운 척도 해봤다. 하지만 알몸이라는 부끄러움도 잠시, 모두가 똑같이 알몸인 그곳에서 뭔가 원초의 자유로움을 느꼈다. 누구 하나 똑같은 체형 없이, 늘어진 배와 제 각각으로 생긴 허벅지, 어깨, 팔다리, 가슴, 성기까지 늘어뜨리고 앉아 있는 모습이 그냥 인간적이었다. 그 어디에도 모델 같은 몸매는 없었다. 있다 한들 누구 하나 신경 쓰지 않을 것 같았다. 사우나 안에서는 너나 나나 누구나 다 똑같은 인간일 뿐, 그 느낌이 이상하면서도 강렬했다.

바발리에는 매시간마다 열리는 사우나 프로그램이 있다. 돌이 달궈져 있는 사우나실 안에 앉아 있으면 팬티만 입은 근육맨이 시간에 맞춰 아이스 볼을 들고 들어온다. 그는 간단한 인사와 프로그램 소개를 하고, 얼린 허브 볼을 뜨거운 돌에 얹어 증기를 낸다. 열기가 가득 차오르면 마스터는 침묵 속에서 거대한 부채를 흔들어 사람들이 있는 쪽으로 골고루 뜨거운 바람을 보낸다. 마치 어떤 의식을 거행하듯, 춤을 추듯 강하고 경건하게 부채질을 하는 마스터의 몸놀림이 관전 포인트다. 여기저기서 "하~" 하는 사람들의 탄식이 터져 나왔다. 신음소리 같기도 하다. 사람들은 뜨거운 열기를 흠뻑 들이마시며 마음껏 사우나를 즐겼다.

커다란 부채로 부채질을 하는 사우나실의 남자가 원래 독일에 있는 사우나 문화인지 궁금했다. 왕 옆에서 부채질을 하는 미남미녀 신하들처럼 고대에서 온 방식 같기도 하고, 영화 같기도 하고, 동양적이기도 했다.

"원래 예전부터 독일에 있던 걸로 알아. 마스터들은 부채나 수건을 이용해 바람을 만드는 특별한 동작을 전문적으로 배우는 걸로 알고 있어."

우리는 네 곳의 건식 사우나를 골고루 다니며 필링(피부 각질 제거) 프로그램을 즐겼다. 코코넛이 들어간 '코코스 필링'과 장미 향이 가득한 '로즈 필링', 그리고 온도가 가장 뜨거운 '베닉 인퓨전' 등 꼼꼼하게 골라 다녔다. 그리고 야외 수영장에서 용기를 내 알몸으로 수영했다. 주변 비치 의자엔 사람들이 가운을 입고 앉아 있어서 모두 다 함께 벗고 있는 사우나 안보다 더 용기가 필요했다. 긴 비치 베드에 누워 중간중간 휴식을 취하는 것도 필요하다. 비치 베드에서 잠이 들락말락 할 때 어디선가 한국어 말소리가 들렸다.

"내는 도저히 이해가 안 간다. 이런 델 커플이 와 같이 오노. 알몸은 둘만 봐야 하는 거 아이가? 여친 데려 오면 딴 남자들도 다 볼 낀데, 와 여길 델꼬 오노. 내가 너무 보수적인가, 난 잘 모르겠데이."

경상도 사투리가 드센 남자 둘이 알몸으로 수영을 하며 지나가고 있었다. 너무 큰 목소리로 대화를 하는 바람에 본의 아니게 다 듣게 된 것. 나는 '어떻게 저런 생각을 하는지 잘 모르겠데이'였지만, 저렇게 생각하는 한국 남자들도 있구나 싶어 쓴웃음이 나왔다. 그러면서 '지'들은 여기에 와서 두리번거리고 있고 말이야!

바발리는 휴대폰을 갖고 들어가는 게 엄격히 금지되어 있다. 옷을 갈아입는 라커룸에 놔두고 들어가야 한다. 반나절 동안 휴대폰 없이 지내는 건 어색했다. 하지만 결국 바발리의 제안대로 '디지털 디톡스'를 제대로 할 수 있었다. 바발리 스파는 베를린에서도 단연 최고의 경험이었다. 눈이 내리는 한겨울에 스벤과 꼭 다시 오고 싶다. 그리고 독일의 사우나 문화가 궁금한 사람들도 꼭 경험해봤으면 좋겠다. 그게 원초적 본능에 기인한 것이든, 새로운 모험심이든, 단순한 호기심이든 상관없다. 모든 것에 열려 있는 베를린의 한 조각을 직접 경험하는 최고의 시간이 될 테니 말이다.

아침에 한바탕 커들링을 끝낸 우리는 스벤이 요트를 정박해둔 17) 테겔 호수로 가서 세일링을 하기로 했다.

"요트 탈 때 어지러워? 요트 탈 때 뭐 필요해? 수영복? 모자? 신발은 뭐 신어?"

출발하기 전, 내 질문은 끝이 없었다. 사람에 따라서 어지러움을 느낄 수도 있으니 껌을 가져가면 좋고, 자기가 뱃멀미 약 같은 것도 챙겨가겠다고 했다. 수영할 거면 수영복, 모자, 선크림은 필수라고 했다. 한 시간 정도 지하철을 타고 U6 알트 테겔(Alt-Tegel) 역에서 내렸다. 여기만 와도 분위기가 완전 달랐다. 한적한 독일의 교외 동네로 놀러 온 느낌이랄까. 나이 든 노인들이 광장의 노천카페에 앉아 하염없이 해를 쬐고 있었다. 6페니히(동전)라는 이름의 젝사브뤼케(Sechserbrücke) 다리를 건너고 작은 오솔길을 15분 정도 걸어가니 요트기 있는 신착장이 나왔다. 그의 요트는 낡고 작은 선착장에 있었다. 요트도 조그마했다. 네 명이 타면 꽉 차는 크기의 요트였다.

"아빠가 미국에 있던 이 오래된 요트를 사서 독일까지 가져왔는데, 정작 탄 적은 한 번도 없고,

꾸미기만 하셨어. 이 안에 있는 가구며 장치들을 다 만드셨지. 그러다 나한테 싸게 팔 테니 사라고 해서, 내가 1유로에 샀어."

그는 열 살 때부터 세일링을 배웠다고 했다. 자격증이 있어야만 세일링을 할 수 있다는 것도 이날 처음 알았다. 배를 호수로 끌고 나갈 때까지 준비할 것도 많았다. 정확한 위치에 밧줄을 매고, 돛이 제대로 달렸는지, 모든 게 제대로 매어 있는지 하나하나 꼼꼼하게 확인을 해야 했다. 준비하는 데만 40분이 넘게 걸렸다. 정수리와 목덜미가 따가운 햇살의 집중포화를 받았다. 스벤은 어떤 일도 서두르는 성격이 아니라서 그 뜨거운 햇빛 아래서도 그저 묵묵히 할 일을 했다. 그는 이미 티셔츠 자국대로 탄 '노가다 팔뚝'을 가지고 있었다. 목구멍이 타 들어갈 것 같은 갈증은 나만 느끼는 건지, 나만 점점 자제심을 잃고 있었다.

드디어 준비 완료. 스벤은 모터를 돌려 배를 선착장에서 빼낸 다음 바람이 있는 곳까지 모터로 운전해 나아갔다. 바람이 있는 곳에 다다르자 모터를 끄고 천천히 바람이 부는 곳으로 배를 몰았다. 세일링은 멋진 건 줄 알았다. 배에서 샴페인도 마시고 점심도 먹고 노닥노닥하다 오는 건 줄 알았다. 해외 출장 가서 큰 요트에서 몇 번 그렇게 즐긴 적도 있어 다 비슷한 건 줄 알았다. 하지만 웬걸, 모터를 끄고 바람으로만 가는 세일링은 항상 바람의 속도와 방향을 잘 파악해야 했다. 바람이 갑자기 방향을 바꾸면 돛의 위치도 바로바로 바꿔줘야 하는데, 이를 놓치면 배가 갑자기 한쪽으로 크게 기울 수도 있고, 뒤

집어질 수도 있다. 한번은 배가 거의 물에 닿을 정도로 한쪽으로 기울어서 비명을 질렀다.

"아아악, 이러다 물에 빠지는 거 아냐? 나 빠지면 구하러 올 거지?"

양손으로 배 난간을 잡고 다리를 십일 자로 쫙 뻗어서 배가 기우는 쪽으로 무게가 안 가게 중심을 잡으며 내가 물었다. 당연히 구하러 오겠지 생각하면서.

"음, 아니. 난 배에서 내릴 수가 없어. 나까지 내리면 배가 불안정해져서 우리 둘 다 위험해."

"뭐라고? 그럼 난 어떻게 살아나와?"

"네가 빠진 데로 내가 바로 배를 댈 거니까, 넌 배를 잡고 올라오면 돼. 그때까진 물에 떠 있어야지. 수영할 수 있다며. 수영을 못 하면 항상 구명조끼를 입어야 하고."

오 마이 갓. 그제서야 나는 깨달았다. 남자 친구 요트는 절대 둘만 타면 안 되겠다는 걸, 꼭 수영 잘하는 일행을 더 데리고 타야 한다는 사실을. 나는 수영을 할 줄 알지만, 예전에 발이 안 닿는 깊이 3미터 방콕 수영장에서 빠져 죽을 뻔한 이후로 발이 안 닿는 데에선 수영을 오래 못 한다. 접영 팔 젓는 것까지 배웠지만, 발이 닿는 깊이에서만 수영을 할 수 있게 됐다. 스벤 말을 듣자마자 나는 바로 구명조끼를 꺼내 입었다. 그제서야 안도감이 들었다.

"테겔 호수는 바람이 꽤 변덕스러운 편이야. 그래서 세일링 하기가 까다로워."

나는 바람이 말도 없이(당연히 말 안 해주지) 방향을 바꿀 때마다 스벤의 지시에 따라 갑자기 키도 잡고, 운전도 하고, 줄도 당겨야 했다. 그리

고 가장 위험한 건 갑자기 좌우로 돌아가는 돛의 아랫대에 머리를 맞는 것. 갑자기 휙 돌아가는 대에 머리를 맞으면 순간적으로 정신을 잃고 물에 빠질 수도 있기 때문에 그게 제일 위험하다고 했다. 싸 가지고 간 샌드위치는 입에도 못 댔다. 물만 벌컥벌컥 마실 뿐. 상황이 이런데 샴페인은 무슨!

그래도 바람이 뒤에서 부드럽게 불어와 양 돛을 버터플라이 형태로 펼치고 나아갈 때는 세일링의 멋을 좀 알 것 같았다. 그리고 호수 위는 30℃ 더위가 느껴지지 않을 만큼 시원하고 조용했다. 사방엔 세일링 요트가 점점이 떠 있고, 호수 주변을 둘러싼 작은 집과 섬, 나무들이 정겹게 지나갔다. 파란 하늘 밑에 더 새파란 호수가 있었고, 우리 둘은 배 위에서 가만히 바람의 소리를 들었다. 도시 안에서는 느끼지 못한 또 다른 자연의 풍광이 호수에 가득했다.

스벤은 꼼꼼하고 섬세한 스타일이라 요트를 잘 몰았다. 오늘따라 변덕스러운 바람이 분다고 했지만, 나도 이내 편안한 마음을 가질 수 있었다. 우리는 테겔 호수가 하펠강을 만나는 지점까지 주욱 내려갔다가 다시 선착장이 있는 북쪽으로 유유히 올라왔다. 갈 때는 엄청 멀게 느껴졌는데, 바람을 잘 타고 달리니 돌아오는 건 순식간이었다.

세일링은 어느 정도 바람이 세게 불어야 요트도 잘 나아가고 스피드도 즐길 수 있다. 바람이 없으면 배는 호수 한가운데에 마냥 떠 있게 된다. 모터를 돌리면 되지만, 그러려면 다시 돛을 내리고 모터를 작동할 준비를 꼼꼼히 해야 한다. 그 작업을 혼자서는 할 수 없다. 그래서 어느 정도 세일링에 대해 아는 사람이 같이 타는 것이 좋다. 나는 세일링에 대해선 아무것도 모르지만, 충실한 보조가 되어 그를 도왔다. 8자 매듭 묶는 법도 단번에 배울 만큼 눈치 하나는 빨랐다. 스벤은 자기 요트를 탄 사람 중에 한 번에 매듭을 지은 사람은 없었다며 나를 치켜세워줬다. 저녁 6시쯤 선착장으로 돌아왔다. 해는 아직도 한낮의 기운을 내뿜고 있었다.

"세일링은 해가 질 때도 멋있어. 더 분위기가 나지. 물론 한밤중에도 할 수 있고."

"주변에 아무 불빛도 없고, 캄캄할 텐데 어떻게 방향을 알고 가? 밤엔 무서울 거 같은데."

"배에 조명을 달면 돼. 물론 다른 것들도 필요하긴 한데. 밤 세일링은 신비로운 분위기가 있어. 나중에 나이트 세일링도 해보자."

멀리 점점이 떠 있는 불빛만 보이고, 시커먼 물 위에 떠 있을 요트를 상상해봤다. 신비로움보단 새까만 물빛과 어둠 때문에 무서울 것 같았다. 혹시라도 빠지면? 하지만 무서운 와중에 은밀한 생각도 들었다. '너 나랑 요트에서 딴짓하고 싶은 거 아냐?' 혼자 묻고 혼자 정색. 보름달 아래 나체로 요트 위에 누워 있는 상상을 해본다. 무서운데 왠지 해보고 싶은 이 마음은 뭘까.

♯7 어둠이 내려준
은밀한 식사

스벤을 만난 후 한동안 시간이 어떻게 지났는지 모르겠다. 이전엔 베를린에 있을 날이 2주나 남았다고 생각했는데, 이젠 2주밖에 없다고 느껴졌다. 마음이 조급해지고 있었다.

"더 있으면 안 돼? 비행기 더 뒤로 미룰 순 없어?" 스벤이 물었다. 나도 더 있다 가고 싶은 마음이 굴뚝같았다. 그리하여 돌아가는 날짜를 미루려고 알아보니 수수료가 250유로나 됐다. 왜 이렇게 비싸 하고 며칠 뒤 보니 수수료는 400유로대로 올라 있었다. 50만 원이면 싼 비행기 표 구하고도 남겠네! 날짜를 뒤지고 뒤져서 2주를 미뤘다. 30만 원이 조금 넘는 금액이 들었다.

"우리 둘 다 원해서 바꾼 거니까, 수수료의 반은 내가 낼게."

'내면 다 내고, 안 내면 안 내는 거지 절반은 뭐니?' 속으로 생각했지만, 과연 독일인다운 제안이 아닌가. 그렇게 우리에게 다시 한 달이 생겼다. 좋은 영화가 나올 때마다 야외 영화관에 가고, 테겔 호수에서 세일링 하고, 난생처음 패러글라이딩도 해보고, 바발리에 들어가 혼탕 사우나도 하고, 정말 매일매일이 새로운 경험의 연속이었다.

"누굴 만나면서 이렇게 풀 패키지로 해본 건 네가 처음이야. 전 와이프랑 살면서도 다 못 해봤어. 내 비장의 패키지를 몽땅 다 썼는데 이제 어떡하지?"

능청맞게 한숨을 쉬며 그가 말했다. 주말에 여행 갈 때마다 스벤이 '스페셜 패키지'라고 자랑을 하던 차였다.

"이제 나랑 지내는 거 재미없다고 싫증 나는 거 아니지? 그래도 나랑 있을 거지? 지루해 하지 않을 거지?"

그는 농담 반, 진담 반으로 내게 물었다.

"내가 싫증 났다고 이제 갈 사람으로 보이는 거야? 그렇게 생각하면 내가 더 서운하지. 나 그런 여자 아닌데! 걱정하지 마. 우리, 시간도 더 생겼으니 잘 지내보자."

그는 우는소리를 했지만, 그래도 우리에겐 해보고 싶은 일이 여전히 많이 남아 있었다. 그중 하나는 아무 불빛도 없는 캄캄한 레스토랑에서 저녁을 먹는 것. 여행 잡지에서 일할 때 몇몇 도시에 이런 레스토랑이 있다는 걸 알았지만 베를린에도 있는 줄은 몰랐다. 일명 '다크 레스토랑'이라 불리는 [18] '녹터 파구스'. 베를린엔 생긴 지 10

년도 넘은 곳이었다.

레스토랑은 오래전 빵 공장으로 쓰이던 건물 '알테 바크파브리크(Alte Backfabrik)' 안에 있었다. 예약한 사람들 대부분은 연인일 거라고 생각했는데, 아이와 함께 온 부모, 동성 친구 그룹도 여럿 보였다. 건물 앞 야외에서 기다리자 담당자가 나와 이것저것 먼저 설명을 해주었다. 1층에 있는 바에서 식전주로 나눠준 스파클링 와인을 마시며 번호를 받고 기다렸다. 레스토랑은 지하에 있는데, 정해준 번호의 테이블까지 직원의 안내를 받으며 더듬더듬 찾아갔다. 스벤과 나란히 앉았고, 4인석 테이블에는 우리 맞은편에 다른 커플이 앉았다. 어둠 속에서 서로 얼굴을 모른 채 인사했다. 목소리로는 60대 정도의 부부 같았다. 그들은 호주에서 휴가를 왔다고 했다. 안은 정말 아무것도 안 보였다. 밝은 데있다가 갑자기 어두운 데로 들어오니 눈앞에서는 별이 떠다녔다. 어둠에 익숙해지자 두려움도 차츰 수그러들었다. 하지만 소리와 냄새에 의존하는 감각이 커졌다.

음식은 생선과 베지테리언, 서프라이즈 코스 중에 고를 수 있다. 스벤은 생선요리를, 나는 서프라이즈 메뉴를 주문했다. 직원이 음식 알레르기가 있는지를 물었고 곧 스타터와 수프, 메인 코스가 차례대로 나왔다. 직원들의 서브는 능숙했다. 안 보이는 잔에 와인을 정확히 따르고, 접시와 포크도 제자리에 놓았다. 서빙 직원은 시각 장애인들이었다. 그들은 친구처럼 우리의 이름을 불러가며 친근하게 대해줬다. 격식에 맞춘 딱딱한 태도가 아니어서 한결 마음이 편했다.

음식이 나올 때마다 순전히 냄새와 입 안에서 느껴지는 식감, 씹을 때 나는 소리와 살짝 만져본 촉감에 의지하며 먹었다. 무슨 맛인지 음미하며 서로 어떤 재료인지 맞혀보는 일도 재미있었다. 먹기 전에 늘 음식 사진을 찍던 습관도 이곳에선 무의미했다. 그 어떤 불빛도 새어 나와선 안 되니까. 단편적인 감각들로 상상하는 음식의 모양은 어둠 속에선 하나도 중요한 게 아니었다. 음식을 기다리는 중간중간, 우리는 딥 키스도 하고 스벤이 내 가슴을 움켜잡는 등의 장난도 이어졌다. 아무도 볼 수 없으니 우리는 자유롭고 대담했다. 그러라고 만든 레스토랑 아니겠어! 만지지 않는 자, 유죄인 것처럼 우리는 어둠 속에서 서로를 탐닉했다.

식사가 끝났다. 어슴푸레 조명이 들어왔고, 나가는 길에 본 내부는 초라할 정도로 아무것도 없었다. 긴 테이블과 의자가 전부였을 뿐. 하지만 암흑 속에서 즐긴 식사는 그 어느 때보다 흥미롭고 긴장되며 호화로운 시간이었다. 우리가 원하고 상상하는 대로 변하는 공간이었다. 우리는 그동안 보이는 것에 얼마나 많이 현혹되어 살아왔던가. 암흑 속에서 우리는 더 충만한 분위기와 음식을 상상하고 느낄 수 있었다. 눈을 뜨고 마주한 한밤중 거리 풍경은 쓸쓸했다. 스벤과 나는 깍지 낀 손을 더 꼭 잡고 걸었다.

#8

바에서 퇴짜
맞은 날

미테의 브루넨슈트라세를 걷다가 이상하게 생긴 숍 하나를 발견했다. 쇼윈도에 흰 박스가 층층이 쌓여 있는데, 그 틈으로 홍학이 한 마리 세워져 있었다. 문에는 권총 금지, 휴대폰 금지, 신용카드 금지, 아이스크림 금지, 촬영 금지 등의 안내 표시가 붙어 있었다.

"뭐 이렇게 안 되는 게 많아" 하고 웃다가 단순한 숍이 아닐 것 같다는 생각이 들었다. 구글 맵으로 위치를 찾아보니 '벅 앤드 브렉(Buck and Breck)'이란 이름이 떴다.

"아, 그 바 위치가 여기구나!"

베를린에서 한번 가 봐야지 했던 바였다. 19) 베를린 바로는 드물게 월드 베스트 바 50위 안에 몇 년 동안 계속 이름을 올리고 있었다. 숍으로 위장하고 있고, 벨을 눌러야 들어갈 수 있는 스피크이지(speakeasy) 스타일의 바였다. 며칠 뒤 근처에서 저녁을 먹고 이 바에 가보기로 했다.

먼저 벨을 눌렀다. 밖에서 기다리다 유리문에 그려진 금지 표시를 찍고 있는데 마침 안에서 사람이 올라왔다. 공교롭게도 그도 내가 사진 찍고 있는 걸 봤다. 문을 열어주는 줄 알았는데, 갑자기 독일 말로 뭐라 뭐라 하더니 그냥 내려가려는 것 같았다. 너 지금 사진 찍어서 못 들어와, 거의 이런 느낌? 스벤이 황당하다는 듯 다시 물었다.

"밖에서 찍는 것도 안 돼요??"

"네, 안 돼요. 미안."

그는 쿨하게 내려갔다. 그래, 베를린도 독일이었지. 오랜만에 독일인 특유의 무뚝뚝하고 무시하는 듯한 태도를 겪으니 정신이 번쩍 들었다.

하지만 이런 경우 쉽게 상처받으면 안 된다. 독일을 여행하는 사람이라면 누구나 이런 일을 겪을 수 있다. 파리나 런던 사람들처럼 스위트한 맛이 독일엔 없다. 아시안이라서 유독 저렇게 구는 건가 소심해질 필요도 없다. 그냥 독일 것들은 저렇게 생겨 먹었다고 생각하는 게 속 편하다. 그나마 유럽 애들이 많이 사는 베를린에선 훨씬 덜 겪는 일이다.

"오죽하면 독일을 '서비스의 사막'이라고 부르겠어?"

스벤이 말했다. 그와 이야기를 나누다가 독일 사람은 서비스에 대한 생각 자체가 다르다는 걸 알았다. 아시아에선 손님이 우리 가게의 물건을 사러 와줬으니 잘해주는 것이 당연하다고 생각하는 반면, 독일에선 손님이 원하는 걸 내가 가지고 있으니, 우리는 동등한 위치다 내지는 심지어 손님이 고마워해야 한다고 생각한다는 것이다. 그러니 손님에게 물건을 파는 것 이상의 친절함을 굳이 베풀어야 할 이유도 없는 것. 손님은 원하는 것을 사고, 나는 팔고. 끝.

아무튼 잘못한 것도 없는데 퇴짜를 맞은 것 같아 기분이 더러웠다. 나중에 잡지에서 이 바를 소개한 구절을 읽으니 좀 이해가 갔다.

"바텐더는 극도의 포악함(ferocity)을 가지고 일하지만, 주변의 능숙한 직원들이 당신의 주문을 받아줄 것입니다."

포악함이란 매우 불친절하거나 손님을 등한시하는 바텐더의 태도를 표현한 것일 게다. 올라오던 남자가 바텐더겠지? 그 바는 다시 가지 않을 것이다. 당분간은 분명히.

#9 **빈 병 모아**
돈 벌기

20) 베를린의 대형 슈퍼마켓 레베(REWE)에 갈 때마다 신기한 건, 아무도 비닐봉지를 쓰지 않는다는 점이다. 물건을 산 사람들은 한결같이 배낭이나 에코백, 아니면 늘 가방에 넣고 다녔음이 분명한, 낡고 꼬질꼬질한 천 가방을 꺼내 물건을 담는다. 열이면 열, 다 그렇게 담아 간다. 계산대에 줄을 서면 자주 앞사람들을 관찰한다. 사람들의 가방은 항상 큼지막하고, 작으면 작은 대로 산 것들을 꾸역꾸역 넣어 간다.

9월 초, 서울에 돌아와서 동네 슈퍼마켓에 갈 때마다 인심 후하게 비닐봉지 여러 장을 나눠주는 직원을 마주했다. 동네 할머니들도 비닐 여러 개에 나눠 담아주는 걸 좋아하신다. 전에는 아무렇지도 않았을 그 모습이 언제부턴가 거슬리기 시작했다.

"가방에 넣을 거죠?"

매번 에코백을 들고 가는 내게 동네 슈퍼 언니는 더 이상 비닐을 건네지 않는다. 다행히 우리 동네 슈퍼마켓도 작년부터 비닐을 원하면 돈을 받기 시작했다. 30원인가? 그래도 비닐을 쓰는 사람이 여전히 많다. 하루는 집에 쌓여 있는, 더 이상 쓰지 않는 에코백을 쳐다보며 생각했다. 에코백은 브랜드 행사에서, 해외 출장 가서 선물 받은 나름 멀쩡하고 튼튼한 것들이다.

'이 에코백을 슈퍼마켓에 다 갖다주고 장바구니를 안 가져온 사람들에게 자유롭게 빌려주고 가져오게 하면 어떨까? 그럼 비닐봉지도 훨씬 덜 쓰게 될 텐데. 하지만 슈퍼마켓에선 귀찮아할지도 몰라.'

결국 생각만 하다 말았다. 그리고 12월 다시 베를린으로 왔다. 다음에 서울 들어가면 꼭 갖다 줘야지, 라는 생각을 지금도 하면서.

스벤 집에 처음 자러 갔을 때 가장 먼저 눈에 들어온 건 부엌 한구석에 엄청나게 쌓여 있는 빈 병들이었다. "이걸 도대체 언제부터 모은 거야"라고 물어보고 싶을 만큼 많은 수였다(나중에 물어보니 1년 전에 이사 와서 한 번도 안 갖다 버렸단다). 독일에선 이 빈 병들을 레베나 에데카(Edeka) 같은 대형 슈퍼마켓에 가져가면 돈으로 바꿀 수 있다. 슈퍼마켓마다 설치된 빈 병 수거함 기계에 하나씩 넣고 병마다 매겨져 있는 보증금을 돌려받는 것이다. 이것이 바로 독일의 [21] 판트(Pfand) 제도다. 돌려받은 보증금은 해당 슈퍼마켓에서 현금 영수증으로 쓸 수 있고, 기부도 할 수 있으며, 아예 현금으로 바꿀 수도 있다. 맥주병은 한 병에 8~15센트밖에 안 하지만, 플라스틱 물병은 개당 25센트씩 받는다. 네 병만 모아도 1유로다. 슈퍼마켓까지 들고 가는 게 귀찮아서 그렇지, 어지간히 모아 들고 가면 5~6유로 만드는 건 일도 아니다.

"2006년 독일 월드컵 때는 장난 아니었대. 길거리에 얼마나 많은 맥주병들이 있었을지 상상이 가지? 신문에서 읽었는데, 어떤 독일인이 그때 모은 빈 병으로 판트 받아서 가족 여행까지 갔다 왔대. 그 정도로 돈을 모을 수 있단 거야, 판트 받으면. 대단하지 않아?"

전 세계 재활용률 1위인 독일의 위용이 느껴지는 대목이다. 뭐, 빈 병만 모으고 다녀도 굶어 죽진 않겠네 하는 생각. 내일은 스벤 집에 쌓여 있는 페트병 들고 가서 나도 돈 좀 벌어야겠다.

스벤 집에 처음 자러 갔을 때 가장 먼저 눈에 들어온 건 부엌 한구석에 엄청나게 쌓여 있는 빈 병들이었다.

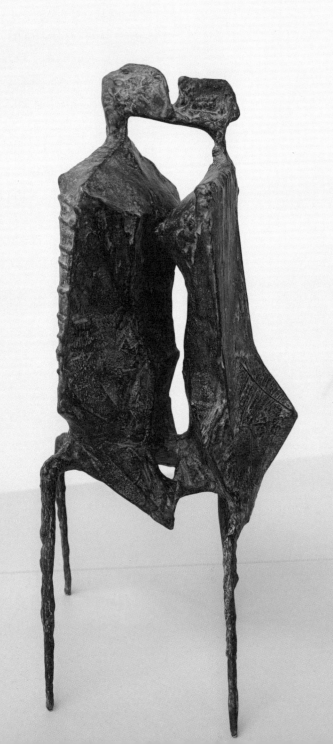

#10 콜베의 정원을 만끽하다

스벤과 많은 것을 함께 하고 있지만, 일을 하나도 하지 않고 있다는 부담감이 동시에 밀려왔다. 8월 중순에 돌아가려던 일정을 미루고 2주가 더 생겼는데, 시간이 얼마 남지 않았다는 생각이 2주 전이나 지금이나 다시 똑같이 들었다. 내가 조금만 딴 생각을 해도 바로 알아차리는 스벤이 이런 나의 심란함을 알아채고 귀신같이 물었다.

"무슨 일이야? 마음속에 뭔가 따로 생각하는 게 있는 것 같은데? 얼른 말해봐."

책을 위한 취재와 원고 작성을 더 이상 미룰 수 없다고, 그렇다고 너와 보낼 남은 시간도 줄이고 싶지 않다고, 그러니 둘 다 잘 하려면 좀더 효율적인 시간 분배가 필요하다고 얘기했다.

"낮에는 좀 더 각자의 일에 시간을 투자하고 대신 저녁 시간은 서로를 위해 쓰기로 하자."

그리하여 오랜만에 그와 떨어져 그동안 가보고 싶었던 미술관으로 향했다. 샤를로텐부르크성보다 더 서쪽에 있는 미술관이었다. 늘 미테에서만 놀다가 다른 지역으로 넘어오니 기분 전환이 됐다. 한편으론 스벤과 거의 24시간 내내 붙어 지내다 혼자가 되니 기분이 묘했다. 목적지는 22) 게오르크 콜베 뮤지엄. '독일 현대 조각계의 거장'이라는 명성 때문에 찾아간 건 물론 아니고, 부자 동네에 있을 법한 잘 지은 벽돌 저택과 아늑한 정원 사진이 마음에 들어 가봤다. 베를린에서 웬만큼 유명한 갤러리나 박물관은 많이 가본 터라 덜 알려진, 숨은 곳을 가고 싶은 마음도 컸다.

게오르크 콜베의 작업실로 쓰이던 건물이 곧 미

술관인 그곳은 나무로 우거진 정원과 곳곳에 세워진 조각 작품이 아름다운 공간이었다. 정원 안에는 게오르크 콜베가 그의 가족을 위해 지은 건물도 옆에 있는데, 지금은 카페로 운영 중이다. 입장료(6유로)를 내고 뮤지엄 내부의 전시를 감상할 수 있지만 카페에서 그냥 커피를 마시며 뮤지엄의 정원을 즐기는 것도 가능했다. 굳이 입장료를 내지 않아도 콜베의 정원을 만끽할 수 있는 것이다. 사람들은 동네 카페 가듯이 이 뮤지엄에 와서 차도 마시고 브런치도 먹는 듯했다.

뮤지엄 내부에서는 영국 조각가 린 채드윅(Lynn Chadwick)의 전시가 열리고 있었다. 콜베의 조각 작품만 전시하는 것이 아니라 정기적으로 다른 작가의 전시도 하는 미술관이었다. 높은 천장에 새하얀 벽이 운치를 더하고 큰 창문에서는 빛이 한가득 들어왔다. 작품도 멋지지만 여유롭고 고요한 공간이 더욱 매혹적이었다. '이런 곳이 집이라면 얼마나 근사할까?' 작품을 보며 혼자 느긋하게 시간을 보냈다.

린 채드윅의 작품들은 형체가 분명하지 않았다. 다리로 보이는 가느다란 청동 골조와 몸체 같은 판, 얼굴 같은 형상으로 미루어 사람이나 박쥐 같은 동물로도 보인다. 하지만 거친 표면과 기괴한 자세 때문에 백악기에나 살았을 괴물, 혹은 SF 영화에 등장하는 외계인처럼 보이기도 한다. 청동의 거친 표면과 예리하게 떨어지는 조각의 선이 강렬한 대조를 이룬다. 은처럼 매끈하게 반짝이는 스테인리스 스틸 조각 작품도 있는데, 재질 때문에 평행 우주 속 늑대처럼 보였다. '웅크린 짐승(Crouching Beast)'이란 작품이었다.

여러 작품 중 유독 마음을 끈 건 '두 형상(Two Figures)' 이라는 조각 연작이었다. 남녀가 같이 마주 보고 있거나 키스를 하는 듯한 형상이었다. 자연스레 스벤과 나의 모습이 오버랩 되었다. 거칠고 기괴한 형상에서 의외의 부드러움과 로맨틱함이 느껴져 더욱 강렬하게 다가왔다. 스벤에게 사진 몇 장을 찍어 보냈다. 떨어진 지 몇 시간 됐다고 갑자기 그가 보고 싶었다. 이제 서로가 한 달 정도를 알았을 뿐인데, 우리가 모르고 지낸 평생의 시간이 무색할 정도로 우리는 가까워졌다.

오후 네 시. 뮤지엄 카페 정원에는 나이 지긋한 동네 이웃들이 모여 앉아 있었다. 아이들은 분수 주변을 뛰어다니고, 구름에 가린 햇빛이 간간이 햇살을 잎사귀에 투영시킨다. 평온한 오후. 사람들의 잡담 소리와 분수에서 떨어지는 물소리, 나무로 둘러싸인 정원에서 바이오 스무디를 마셨다. 혼자 작정하고 나왔지만, 생각만큼 즐겁진 않았다. 과거 대부분의 여행을 혼자 했으면서, 그 씩씩한 시간들이 억지였다는 듯 스벤에게 돌아가고 싶었다. 휴대폰에 저장한 'Two Figures'의 사진을 쳐다보며 집으로 돌아왔다.

BERLIN IN LOVE **PART 3**

#11

우리들의 은밀한 작업실, 라이제 파크

본의 아니게 베를린의 공원을 열심히 다녔다. 사람들이 회사로 출근할 때, 우리는 매일 노트북을 싸 들고 공원으로 갔다. IT 업계에서 일하는 스벤은 계약 자체가 재택근무로 되어 있어서 꼭 사무실을 나가지 않아도 됐다. 집이든, 공원이든, 외국이든 맡은 일만 하면 되는 시스템. 베를린에서는 이런 조건으로 일을 하는 사람이 많다. 작가와 뮤지션 등 프리랜서로 일하는 사람도 많아서 어디서든 노트북으로 일하는 사람을 쉽게 볼 수 있다. 프리랜서를 위한 공유 오피스도 많은 편. 아무튼 스벤은 나를 만나고 난 후 사무실에 나가는 횟수가 부쩍 줄었다.

집에서는 아무래도 집중이 안 되고 딴짓(?)을 하는 경우도 많아서 우리는 주로 카페나 공원에서 각자 일을 했다. 나는 다니던 회사도 그만두고 온 터라 일이래 봐야 이 책을 쓰는 것이 전부였지만, 그나마도 일기라도 쓰면 다행이었지, 대부분은 가뭄에 콩 나듯 원고를 썼다.

우리가 공원에 도착하는 시간은 주로 3~4시. 살갗이 타 들어갈 것처럼 덥다가도 나무 아래만 가면 시원한 그늘이 있었다. 스벤 집 근처의 언덕 중턱에 자리한 공원부터 정아네 집에서 가까운 훔볼트하인 공원, 주말 벼룩시장이 유명한 마우어 파크, 노이쾰른에 숨어 있는 쾨너 파크까지, 발길 닿는 공원이 곧 그날의 우리 작업실이었다. 여러 공원 중에서도 우리가 제일 좋아했던 곳은 라이제 파크였다. 잘 다듬어진 잔디나 길 대신 검은 비석과 잡풀, 큰 나무들이 울창한 묘지공원. 안쪽으로 죽 걸어 들어가면 우리들의 은밀한 풀밭이 나왔다.

공원 이름인 라이제(Leise)는 '볼륨을 줄인' '들릴 듯 말 듯한' '나지막한 목소리' 등의 뜻이 담긴 단어다. 짧은 풀들이 잔디처럼 자라 있고, 그 뒤로 무릎까지 오는 잡풀이, 그 뒤로 키 작은 나무가, 그 뒤로 아름드리나무가 겹겹이 둘러싸고 있다. 풀밭에 누워 있으면 도시 한가운데 있다는 사실을 전혀 느낄 수 없다. 어느 시골 숲속에 소풍 나온 기분이 든다. 풀숲이 무성해 바로 앞까지 와서야 인기척을 느낄 수 있다. 베를린의 큰 공원들이 대부분 탁 트여 있고 나무들이 띄엄띄엄 있는데 반해, 여기는 큰 나무들이 높은 울타리를 이루고 있어 신비롭다. 다른 공원과 달리, 라이제 파크에는 묘한 매력이 넘쳤다. 사람도 별로 없다. 베를린 사람들은 묘지 안에서도 공원처럼 산책하고, 아이들을 풀어놓고 놀기 때문에 원래 거부감이 없지만 이 공원은 동네 사람이 아닌 이상 잘 모르는 곳이다. 우리는 돗자리를 깔고 엎드려 음악을 들으며 일을 하고 간간이 키스를 했다. 가끔은 키스를 주로 하고 일도 간간이 했다. 스벤은 티셔츠를 훌렁 벗은 지 오래다. 엎드려 있는 그의 엉덩이를 베고 누워 스테레오랩(Stereo Lab)의 나른한 노래를 듣는다. 후드득 갑자기 내리는 비는 높은 나뭇잎들이 막아준다. 일을 핑계 삼아 오늘도 멍하니 공원에 누워 있다 갈 것이다. 저녁 7시가 넘자 사위가 더욱 고요하다. 음악과 바람, 나무로 둘러싸인 공원.

"파라다이스가 따로 없군."

스벤이 나지막한 목소리로 말했고, 나는 말없이 고개를 끄덕였다.

PART 4

문득, 이런 게 사랑이구나 싶었다

스벤이 해준 저녁 식사, 케제슈페츨레

베를린에 사는 친구가 집 앞마당에서 바비큐 파티를 열었다. 가스버너를 세 개나 켜고, 삼겹살과 목살을 동시에 구우며 온갖 쌈과 김치에 밥을 먹은 '한국인의 날'이었다. 한국 친구들과 그들의 외국 애인들까지 한 스무 명은 모인 파티였다. 이날 이후 스벤과 나의 별명은 '주둥이'가 되었다. 당최 주둥이를 붙이고 떨어져 있지를 않는다고 친구들이 붙인 별명이었다.

"아니, 도대체 얼굴을 볼 수가 있어야지. 하도 둘이 포개고 앉아 있어서 얼굴 볼 새가 없었잖아."

친구들은 두고두고 놀렸다. 스벤은 내 화끈한 한국 친구들을 좋아했다. 격의 없고, 말도 잘 통하고, 마음이 열려 있는 친구들에게 홀딱 반했다고 했다. 그러더니 얼마 후 친구들을 집으로 초대하자고 했다.

"친구들 불러서 같이 저녁 먹을까? 23) 케제슈페츨레 만들어서 같이 먹고 싶은데."

할 줄 아는 요리는 별로 없지만, 케제슈페츨레와 플람쿠헨은 자신 있다고 했다. 케제슈페츨레는 서울 플래툰에서 일할 때 독일인 셰프가 만들어준 버전으로 많이 먹어봤던 터라 내게도 익숙한 음식이었다. 마음은 고마웠지만, 나도 아직 낯선 스벤의 집에 내 친구들까지 불러서 밥을 먹이는 일이 편하지만은 않았다. 그래서 가장 가까운 정아네 부부만 불러 먼저 조촐하게 같이 먹고 싶었다. 하지만 다들 시간이 맞지 않아 결국 우리 둘이서 케제슈페츨레를 만들어 먹게 됐다.

레시피를 적은 종이를 옆에 펼쳐 두고, 저울에 재료의 양을 정확하게 잰 다음, 반죽기를 돌려 면을 만들고, 끓는 물에 전용 틀을 얹고 면을 떨어뜨려 익혔다. 잘게 썬 양파와 두 종류의 치즈, 크림, 허브를 넣어 소스를 만들고 익힌 면을 넣어 버무리면 끝. 조리 과정이 복잡하진 않지만 만들고 나니 부엌은 난장판이 됐다.

화이트 와인과 함께 케제슈페츨레를 먹었다. 스벤이 집에서 만들어준 첫 저녁 식사였다. 그뤼에르와 에멘탈 치즈를 듬뿍 넣은 케제슈페츨레는 기대보다 훨씬 맛있었다. 직접 만든 면은 부드러운 찰기가 있고, 아낌없이 넣은 치즈와 튀긴 양파의 짭짤함이 잘 어울렸다. 치즈가 많이 들어가서 꽤 기름진데, 두 접시씩 먹고 나니 숨도 못 쉴 만큼 배가 불렀다.

그릇을 치우는 둥 마는 둥 놔두고 늦은 밤 마실을 나섰다. 캄캄한 공원을 가로지르고, 짧은 터널 밑을 지나고, 아무도 지나지 않는 나무 사이를 걷고 또 걸었다. 양파 냄새가 나는 입술로 잦은 입맞춤을 하고, 땀이 가득 찬 손바닥을 놓지 않고 오래오래 걸었다. 문득 이런 게 사랑이구나 싶었다.

#2

프리다의
생일

라이프치히에 스벤의 '베프' 프리다가 살고 있
다. 20년도 넘은 친구라고 했다. 그의 생일 파티
에 같이 가기로 했다. 처음엔 다녀오마 하더니,
나중에 같이 가겠냐고 물었다. 베를린에서 내
멋진 한국 친구들을 만난 것처럼 자기도 친구
들을 보여주고 싶다고, 같이 가면 좋겠다고 했
다. 기차를 타고 갈 수도 있지만, 돈을 아끼기 위
해 카풀링(car pooling)을 했다. 라이프치히까
지 가는 기차 값은 한 사람당 40유로 정도, 카
풀링을 하면 두 명이 20유로에 갈 수 있었다. 유
럽에서 많이 쓴다는 24) 블라블라카 앱으로 시간
이 맞는 라이프치히행 차를 찾고 약속 장소에서
합류했다. 덩치 좋은 독일 남자 둘이 앞에 앉아
있었다. 어찌나 말이 많은 지, 쉴 새 없이 떠들고
가는 통에 둘이 원래 아는 사이인 줄 알았다. 하
지만 카풀링을 제공한 비욘과 옆자리에 탄 필립
은 그날 처음 본 사이. 축구 얘기를 했다던가. 초
면인 그들이 두 시간 내내 떠들면서 갈 수 있다
는 게 신기할 따름이었다. 비욘의 차는 작고 뒷
자리는 지저분했지만, 그래도 남이 운전하는 차

뒷자리에서 나름 편히 갈 수 있었다.

라이프치히 중앙역에 도착했다. 크고 오래된 기차역과 트램이 이 도시에도 있었다. 유럽의 어느 도시에서나 볼 수 있는 익숙한 광장이지만, 처음 와본 도시여서 그런지 오랜만에 다시 여행 기자가 된 것처럼 설렜다(베를린 외에 독일에서 가본 도시라곤 오래전 출장으로 갔던 함부르크와 뒤셀도르프가 전부였다). 백합 한 다발을 사서 곧장 프리다의 집으로 갔다. 프리다와 그의 아내 겔리, 세 명의 아이들이 우리를 반겨주었다. 아이들은 내가 신기한지 문 앞에 서서 한참을 쳐다보았다. 금발의 곱슬머리가 탐스러운 첫째는 미소가 너무 예뻐서 처음엔 여자아이인 줄 알았는데 나중에 보니 남자애였다. 딱 <캔디> 만화에 나오는 귀공자처럼 예쁘고 우아한 소년이었다. 둘째는 애교가 넘치는 딸, 막내는 세 살배기 남자아이였다. 저녁 시간이 되자 친구들이 하나 둘 모였다. 다 같이 와인을 마시며 저녁을 먹었다. 이탈리아인인 겔리가 모처럼 실력 발휘를 한 음식이 한가득이었다.

대학에서 문학을 가르치는 프리다는 곰처럼 푸근한 인상과 눈웃음이 서글서글한 사람이었다. 사람 좋다는 표현이 딱 어울리는 그런 사람. 학자다운 면모를 풍겼고, 세상에 급할 일은 1도 안 만들 것 같은, 선비 같은 사람이었다.

프리다에게 우리 사이를 충분히 설명할 시간 없이 온 터라, 그에게 나는 매우 의외의 손님이었다. 친한 친구가 만난 지 한 달도 안 된 새 애인을 자기 생일까지 데려왔으니 궁금할 만도 했을 터. 더구나 스벤은 1년 반 동안 사귀던 여자 친구가 있었다. 만난 적은 없다지만 프리다도 그녀의 존재를 알고 있었다. 전 여자 친구와 헤어진 지 3개월 만에 등장한 새로운 여친인 나. 생일 파티에 온 모든 사람들과 처음 만난 어색함이 있었다. 하지만 오래된 베프에 대한 믿음은 나에게도 전해졌다. 막연한 친근함이 프리다에게 있었다. 다들 적당히 마시는 것처럼 보였는데, 밤이 깊어갈수록 와인은 독주로 바뀌고 그들의 조용조용한 대화도 끝없이 이어졌다. 마침 프리다의 집에는 겔리의 친구가 아이 둘을 데리고 며칠 간 놀러 와 있는 상태였다. 스벤과 나는 거실의 소파 겸 침대에서 하룻밤을 잤다. 남의 집 소파에서도 9시간을 그냥 곯아떨어진, 주책 없이 편안한 밤이었다. 다음 날 아침, 그 집 막내 아이가 거실 문을 열어젖히며 우리를 깨웠다.

#3 라이프치히 자전거 디투어

아침에 일어나 각자 빵과 커피를 챙겨 먹고 오늘 뭐 할지 계획을 짰다. 우린 다시 베를린으로 돌아오는 날이지만, 급할 일은 없었으므로 프리다의 가족과 좀 더 시간을 보내기로 했다. 라이프치히에 처음 왔다고 하니, 젤리는 그럼 디투어(detour, 우회해서 가는 길이나 짧은 여행)를 시켜주겠다고 했다. 우선 집 근처 공원에 있는 비어 가든에 가서 맥주 한잔을 하기로 했다. 아이 다섯에 어른도 다섯. 10명이나 되는 대인원이었다. 처음엔 차나 택시를 타고 가는 줄 알았다. 그런데 웬걸. 마당으로 나가자 프리다 가족의 자전거가 세워져 있었다. 가장 어린 세 아이만 아빠 자전거에 매달린 유모차에 타고 나머지는 각자 자전거를 챙겼다. 손님인 우리도 근처에 세워진 공유 자전거를 찾아 탔다. 7대의 자전거로 한꺼번에 디투어에 나선 것. 너무도 당연하게 자전거로 이동하는 모습이 인상적이었다. 아이들도 알아서 자전거를 몰았다.

서울에선 웬만하면 항상 차로 움직이니까. 아이들이 있다면 더더욱. 자전거는 동네 놀이터에 갈 때나 탈까, 시내를 누빈다는 건 엄두도 못 낼 일이었다. '아이들도 많은데 괜히 우리 때문에 성가시게 온 가족이 움직이는 거 아닐까'란 걱정은 정말 나만의 걱정이었다. 문제는 아이들이 아니라 오히려 나였다. 내 자전거 실력이 애들을 쫓아가기에도 벅찼다. 자전거를 탈 줄 알지만, 솔직히 울퉁불퉁한 유럽의 돌길에서는 유난히 버벅거린다. 자전거의 안장도 하나같이 높아서 최대한 내려도 영 불편하다. 핸들도 불안불안. 여덟 살배기 사라도 열심히 달리는데, 나만 혼자 멈췄다가 달렸다가 비명을 질렀다가 말았다가 난리 법석이었다. 내겐 트라우마도 있다. 10년 전 앤트워프에서 자전거 뒷자리에 탔다가 발가락에 금이 갔던, 절뚝거리며 처음 베를린을 왔던 바로 그 사건. 유럽에서 자전거를 탈 때마다 그 일이 떠오른다.

아무튼 총 7대의 자전거가 비어가든으로 향했다. 도착해 보니 4.7킬로미터나 달렸다. 동네 공원도 아니었다. 도착한 곳은 라이프치히의 큰 공원 안에 있는 렌반 비어가르텐(Rennbahn Biergarten). 날이 좋아서 우리는 야외 테이블에 앉아 라들러 맥주와 샐러드를 먹었다. 한참 이야기를 나눈 후엔 다시 자전거를 타고 라이프치히 시내로 들어갔다. 프리다가 열심히 관광명소를 설명해줬는데, 자전거로 따라가기도 버거워서 잘 들리지 않았다. 그래도 사람들이 덜 밀집한 공원과 길을 지날 때는 나도 여유 있게 페달을 밟으며 바람도 쐬고 경치를 구경할 수 있었다.

바흐가 성가대를 지휘했던 성 토마스 교회 근처, 카페에 앉아 어른들은 카푸치노를, 아이들은 아이스크림을 먹으며 라이프치히의 오후를 즐겼다. 작은 분숫가에서 아이들은 옷이 다 젖도록 뛰어다니고, 샌들을 벗은 여인도 발을 담그고 있었다.

몇 시간 안 지난 것 같은데, 벌써 저녁 6시가 되어가고 있었다. 가족들은 다시 자전거를 타고 집으로 가고, 나와 스벤은 (자전거를 버리고) 트램을 탔다. 집 앞에 도착하니 프리다 가족이 오고 있었다. 트램을 타나 자전거를 타나 도착 시간은 비슷했다. 짐을 챙기고 작별 인사를 했다. 저녁을 먹고 가도 된다고 했지만, 아이들 있는 집에 너무 민폐다 싶어 서둘러 나왔다.

"자주 보진 못하지만, 늘 마음속에 있는 친구 있잖아. 언제 연락해도 반갑고 어제 만난 것처럼 얘기할 수 있는 친구 말야. 내겐 프리다가 그런 친구야. 난 친구가 거의 없어. 너는 베를린에도 베프가 있고, 서울에도 친구가 많아서 부러워. 친구가 별로 없다고 내게 실망하지 않았으면 좋겠어. 나도 너처럼 친구들을 많이 소개해줄 수 있으면 좋을 텐데."

피파링(pfifferling) 버섯, 일명 꾀꼬리버섯이 들어간 파스타를 먹으며 스벤이 말했다.

직업상 새로운 사람들을 많이 만나고 어울렸다. 20~30대에는 그 관계들을 유지하고 가까이 두고 싶은 욕심도 컸다. 행사나 파티장에서 사람들 만나는 걸 즐기기도 했고. 하지만 나이가 들수록 소원해지는 관계들이 생긴다. 인간관계의 범위가 점점 좁아지고, 주변엔 소중하게 생각하는 사람들만 남는다. 그리고 40대엔 그 소중한 사람들을 더욱 챙기며 시간을 보내고 싶어졌다. 좋아하는 사람들만 만나고 살기에도 모자란 느낌이 드는 것이다. 평생을 사는 데 많은 친구가 필요한 것도 아니다. 지금은 그렇게 생각한다. 죽을 때까지 두세 명만 옆에 있어도 성공한 인생이지 싶다. 하여 그가 부러워할 것도, 내가 실망할 것도 없다. 나는 먹던 포크와 나이프를 놓고 그의 손을 잡았다. 그리고 말했다. 내가 너의 친구가 되겠다고, 마음속뿐 아니라 늘 곁에 있는 친구가 되겠다고.

**BERLIN
IN LOVE** **PART 4**

#4

**난생처음
패러글라이딩**

처음 스벤 집에 갔을 때 옷장 한 편에 신발 한 짝이 놓여 있었다. 등산화처럼 생긴 신발이었는데, 무척 크고 투박했다. 신발은 큰 배낭 위에 놓여있었다. "무슨 신발을 침실 안에다 둬?" 물었더니 패러글라이딩 장비라고 했다. 스벤, 설마 침실 안에 둘 만큼 아끼는 거니?

바람 좋은 어느 일요일, 장비를 신고 패러글라이딩을 하러 갔다. 차를 빌려 베를린 북서쪽 마을로 두 시간 넘게 달렸다. 가는 내내 시야의 3분의 2를 차지한 하늘이 엄청난 구름 떼를 발사했다. TV 광고라도 찍는 것처럼 기분이 좋았다. 생각해보니 베를린 근교로 차를 타고 나간 것도 이번이 처음이었다. 베를린을 그렇게 많이 왔는데, 왜 이렇게 처음인 일이 많은 건지. 아무것도 안 해도 마냥 좋은 곳이 베를린이었다. 하지만 차를 몰고 근교로 나오니 또 다른 낭만이 있었다. 나는 베를린을 처음 온 여행자처럼 마음이 설렜다.

패러글라이딩 하는 곳은 끝도 없는 평지였다. 베를린 부근에는 산이 없어 경사진 곳을 찾기

힘들다. 저 멀리 건물 한 동이 보였다. 골프 클럽, 요트 클럽처럼 패러글라이딩 클럽이 있는 건물이었다. 내부에 잠깐 들렀는데, 어찌나 소박한지 클럽이란 말이 무색할 지경이었다. 곳곳엔 캠핑카도 많이 보였다. 캠핑카에서 묵으며 며칠 동안 패러글라이딩을 하는 듯했다. 우리는 다시 차를 몰고 패러글라이딩 하는 곳으로 갔다. 사람이 많았다. 각자 장비를 챙겨온 사람부터 탠덤 비행(전문 조종사와 함께 비행하는 2인 패러글라이딩)을 기다리는 사람들까지. 우리도 차를 세우고 천천히 장비를 내렸다. 침실에서 본 신발도 있었다.

스벤은 바람을 이용한 스포츠를 좋아했다. 기계의 동력 없이 바람으로만 움직이는 세일링과 패러글라이딩에도 그래서 빠져들게 됐다고 했다. 바람을 이용해서, 바람에 의지해서 가는 시간이 온전히 자기 혼자만의 세상 같아서 좋다고 했다. 그가 요트 위에서 바람이 어느 쪽에서 불어오는지, 얼마나 세게 부는지 집중하던 옆모습이 떠오른다. 바람은 보이지가 않으니 나는 아

무리 집중을 해도 잘 느껴지지 않았다. 돛대에 달려 펄럭이는 끈이 아니면 바람의 방향을 가늠하기도 힘들었다. 그가 세심한 사람이란 걸 그때 알았다. 바람 한 줄기도 잡을 것 같은 섬세함이 있었다. 스벤이 낙하산 같은 패러글라이딩의 캐노피와 무수한 줄들을 잔디에 펼쳐놓고 하나하나 확인을 했다. 세일링 할 때 봤던 옆모습이 보였다.

물끄러미 들판에 앉아 하늘에 떠다니는 패러글라이딩을 구경했다. 패러글라이딩은 스벤이 하는 거고, 고소공포증이 있는 나는 구경만 할 참이었다. 그게 계획이었다. 그런데 그가 자꾸 패러글라이딩을 해보라고 꼬셨다.

"마르코스는 진짜 믿을 수 있는 탠덤(전문 조종사)이야. 내 아들도 그가 데리고 패러글라이딩을 했어. 세상에서 제일 소중한 아들을 맡길 정도면 내가 그를 얼마나 믿는지 알겠지? 내 아이가 다리가 짧으니까 마르코스가 착륙할 때 무릎으로 착지를 했어. 얼마나 부드럽게 착륙을 하던지, 나까지 감동했다니까."

아들까지 맡길 정도의 탠덤이니 안심하고 해보라는 거였다. 아홉 살 정도 되어 보이는 남자아이가 앞에서 마르코스와 비행 준비를 하고 있었다. 해볼까? 여기까지 왔는데 안 하고 가는 것도 딘기 아쉬웠다.

최고로 믿을 수 있는 탠덤이라는 말에 결국 용기를 냈다. 무릎까지 내려오는, 의자같이 생긴 배낭을 메고 헬멧을 썼다. 아홉 살 꼬마도 웃으면서 타는데, 나만 비명을 질렀다. 이곳은 경사진 곳이 없어서 윈치의 와이어 로프를 잡아당겨 사람을 띄운다. 그다음 줄을 풀어서 패러글라이딩을 하는 방식. 하늘로 날아갈 때 내 비명도 함께 하늘을 갈랐다. 심장이 터질 것처럼 뛰었다. 어느 정도 올라가면 탠덤의 지시에 따라 내가 메고 탄 배낭에 그네 타듯 앉는다. 탠덤이 내 뒤에 같이 있는데도 좀처럼 긴장이 풀리지 않았다. 캐노피에 이어진 줄을 어찌나 힘껏 잡고 있었는지 손목이 비틀어진 것 같았다. 하늘 위에 있는 시간이 길어질수록 조금씩 숨도 쉬고 아래를 볼 수 있었다. 몽글몽글한 나무와 숲, 들판, 하얀 길이 내려다보였다. 바람 소리가 무척 셌다. 탠덤은 잘하고 있다며 나를 계속 북돋워줬다. 이미 최고로 높이 올라온 것 같았는데, 더 높이 올라갔다. 나는 다시 비명을 질렀다.

착지는 기대처럼 부드러웠다. 그는 살포시 나를 내려주고 줄을 풀었다. 나는 두 엄지를 치켜세우며 일어섰다. 순간의 긴장과 터질 것 같았던 심장박동 때문에 정신이 번쩍 들었다. 스벤은 챙겨온 빨간색 캐노피를 펼치고 두 번 비행했다. 그의 착지 역시 가볍고 부드러웠다. 한번 오면 서너 번 정도 타고 가는 게 보통인데, 그는 오늘 두 번밖에 타지 못했다. 그래도 서두르는 법 없이 느긋하게 패러글라이딩을 하고, 다음 차례의 사람들을 위해 윈치 줄을 제자리에 갖다 주는 일도 자원했다. 굴러가긴 할까 싶게 낡은 차에 윈치 줄을 걸고 몇 번이나 들판을 가로질렀다. 차선도, 신호등도 없는 들판의 무법자가 된 기분이었다. 시간이 지날수록 회색 구름이 하늘을 뒤덮었다. 베를린에서 잊지 못할 또 다른 하루가 지나고 있었다.

#5

밤새 입 맞추고
싶은 바렌 골목

사람들을 도와주고 이것저것 장비를 챙기다 보
니, 어느새 허허벌판에 우리 둘만 남았다. 마르
코스와 그의 여자 친구마저 착착 장비를 접어서
차에 싣더니 짧은 인사를 남기고 가버렸다. "츄
스(tschüss)~."

"음, 저기 있잖아. 진짜 다 갔어. 우리 둘만 남았
다고. 우리도 이제 가야 되지 않아? 여기 문 닫
는 거 아니야?"

이 허허벌판에 문이 달려 있을 리 없지만, 모두가 떠나고 인적 없는 벌판은 갑자기 적막한 배경이 되어버렸다. 차에 가져다 놓을 수 있는 짐을 눈치껏 먼저 가져다 놓고, 아직도 날개를 접고 있는 그에게 가서 말했다.

"응, 우리도 이제 가야지. 거의 다 됐어. 서두르지 않아도 돼. 천천히 가도 돼."

그의 대답은 여느 때처럼 느긋했다. '응, 너 이미 너~무 천천히 하고 있거든.' 속으로 생각하면서 그를 도왔다. 하늘은 비를 내릴 건지 어느새 얇고 짙은 구름으로 가득 찼다. 드디어 우리도 차를 타고 허허벌판을 빠져나왔다. 한 시간 정도를 더 운전해 바렌(Waren)이란 도시로 갔다. 이곳에서 저녁을 먹기로 했다.

"패러글라이딩 오면 가끔 들르는 레스토랑이 있는데 거기 갈래? 선착장 바로 앞쪽에도 레스토랑이 있긴 한데, 관광객 상대라 맛은 그냥 그래. 내가 가는 데는 약간 언덕 위쪽에 있는데, 올 때마다 맛있게 먹었던 곳이야. 전망도 좋고."

점심도 샌드위치로 먹는 둥 마는 둥 한 터라 그냥 괜찮아 보이는 곳 아무 데나 들어가 먹고 싶었지만 그가 아는 곳이라니 조금 멀어도 따라가 보기로 했다.

바렌은 [25] 뮈리츠 호숫가에 있는 작은 도시였다. 도시라고 부르기에도 소박한 작은 마을 느낌. 선착장 앞으로는 적당히 큰 유람선과 요트들이 정박해 있고, 현대식으로 지어진 레스토랑과 오래된 건물들이 보기 좋게 섞여 있었다. 항구 앞 건물을 지나 구시가지 언덕으로 들어서니 느낌이 달라졌다. 100년은 더 전으로 돌아간 듯한 오래된 집들 사이로 돌길이 보였다. 골목을 돌아돌아 레스토랑에 도착했다. 날씨가 제법 서늘했지만 우리는 밖에 앉기로 했다. 담요를 어깨에 두르고 호수를 바라봤다. 뮈리츠는 독일에서 가장 큰 호수라고 했다.

"테겔 호수로 요트를 옮기기 전에 이 호수에 배가 있었어. 베를린에선 더 멀지만 호수가 크고 바람도 일정해서 세일링 하기엔 더 좋아. 이 호수에서는 아빠하고 세일링 한 적도 있고. 바렌에서 열흘 정도 머물면서 반은 세일링 하고, 반은 패러글라이딩 하면 참 좋을 텐데. 매번 생각만 했지. 우리 다음엔 같이 그렇게 하자!"

말만 들어도 좋을 것 같았다. 독일에서 가장 크다는 뮈리츠 호수는 반의반도 못 봤지만 왠지 곧 기회가 있겠지 하는 마음이 들었다. 여행 기자로 일하면서 세계 곳곳의 멋진 여행지를 많이 다닐 수 있었다. '언제 또 이런 곳을 올 수 있을까' 싶게 아름다운 곳도 많았다. 하지만 그때마다 다시 오기는 힘들겠지 하는 마음이 컸다. 코스타리카의 산호세, 브라질 사우바도르의 카니발, 토론토 근교의 랭던홀… 처음이자 마지막일 것 같아 애틋한 기분이 드는 곳도 많았다. 하지만 바렌의 이 골목은 언제고 다시 올 수 있을 것 같아 좋았다. 그런 마음이 드는 것이 좋았다. 스벤과 함께 올 것 같은 기대가 들어서 좋았다.

음식을 기다리는 사이, 낮은 구름을 뚫고 짧고 붉은 노을이 졌다. 독일에서 여름철부터 나오는 피파링 버섯 스프를 나눠 먹고, 스벤은 연어 스테이크를, 나는 비프 스테이크를 먹었다. 4성급 호텔의 레스토랑은 활기차고 서비스도 정성스

러웠다. 빈속에 마신 레드 와인은 금세 기분을
달뜨게 했다. 하루 종일 바람을 맞아 몰골이 말
이 아니었지만 우리 테이블에는 로맨틱한 분위
기가 넘쳤다. '좀 차려 입고 왔으면 좋았을걸' 하
는 아쉬운 마음도 들었다. 저녁을 먹은 사람들
이 하나 둘 떠나고 우리는 여기서도 마지막 손
님이 되었다.

에스프레소까지 마시고 레스토랑을 나오니 밤
10시가 훌쩍 넘었다. 배가 불러 골목을 좀 더 걷
기로 했다. 한밤중이 된 바렌의 골목은 사람이
살지 않는 동네처럼 고요했다. 개미 한 마리 지
나가지 않는 정적이 흘렀지만, 따뜻한 가로등
불빛이 골목 사이를 깊게 파고들었다. 이런 유
럽의 골목이 낯설진 않았다. 바렌의 골목을 걷
다가 잊고 있던 여행지의 골목이 떠올랐다. 프
랑스 디종의 작은 호텔로 돌아가던 거리에서,
슬로베니아 피란의 언덕길에서, 스위스 생갈렌
에서 마주했던 아름다운 골목이 생각났다.

"여행을 많이 다녀서 이런 골목이 낯설진 않거
든. 근데 출장으로 다닌 거라 가끔 애인이랑 오
면 참 좋겠다는 생각을 했어. 가능할 거라곤 생
각도 못 했지. 사랑하는 남자를 만나는 건 이번
생엔 이루어지지 않을 것 같았거든. 근데 너랑
이렇게 아무도 없는 낯선 골목을 걷고 있으니,
갑자기 꿈만 같다. 처음 온 도시의 밤 골목을 함
께 걷고 있다니! 꿈이 이루어진 건가?!"

말을 하고 나니 감정이 더 벅차올랐다. 나는 스
벤에게 뛰어오르듯 매달려 목을 감싸고 먼저 키
스했다. 바렌에는 밤새 입 맞추고 서 있어도 좋
을 그런 골목이 있었다.

#6 크리스마스에 다시 만나요

테겔 호수에 여러 번 왔다. 세 번은 둘이서, 두 번은 친구들을 데리고, 이번엔 스벤의 아이들을 데리고 세일링을 왔다. 오늘은 스벤의 아빠 마이크가 트레일러에 요트를 싣고 오는 날. 저렴한 가격에 요트를 팔겠다고 해서 스벤이 그에게 두 번째 요트를 샀다.

"아빠가 요트 내부를 다 만들었어. 취미로 조금씩 업그레이드를 하신 거지. 요리할 수 있는 공간이랑 각종 선반대, 화장실까지 직접 만들었거든. 공들여 만든 요트니 아빠도 내가 사길 원했을 거야."

마이크는 1박 2일에 걸쳐 요트를 가져오는 중이었다. 트레일러에 싣고 온 요트를 받아주는 호텔 주차장이 없어서 하룻밤을 차에서 주무셨다고 했다. 요트 때문에 오시는 거긴 하지만 어쨌든 예정에도 없던 남자 친구의 아빠를 만나게 되어 나도 은근 신경이 쓰였다. 스벤은 전혀 걱정할 것 없다고, 그냥 편하게 있으면 된다고 했지만, 그게 말처럼 되나. 잘 보이고 싶은 마음도 있고, 혹시나 나를 탐탁지 않게 여길까 걱정도 됐다. 생각해보니 남자 친구의 부모님을 만나는 것도 태어나 처음이었다(십수 년 만에 연애를 해서 그런가, 왜 이렇게 처음인 일이 많은 건지, 내가 생각해도 민망했다).

"뭐라고? 마흔이 넘을 때까지 한번도 부모님께 보여드린 남자 친구가 없다고? 그게 가능해?"

열네 살 때부터 여자 친구를 집에 데려왔다는 스벤은 나를 두고두고 놀렸다. 내가 무슨 박물관에 있는 인간 화석이라도 되는 양 신기해했다. '동방예의지국 한국에서는 말이야, 남녀칠

세부동석이란 게 있어'라고 친절하게 설명을 해
준 건 아니고, 살다 보니 그냥 그렇게 됐다며 멋
쩍게 넘어갔다.

부모님께 인사를 드릴 뻔한 남자는 있었다. 15년
도 더 된 일이다. 남자가 먼저 인사를 드리고 싶
다고 했다. 나도 진지하게 만나고 싶은 사람이
었고. 하지만 인사를 드리자던 설날 연휴에 나
는 그와 헤어졌다. 통영을 여행하고 올라오던
참이었다.

"인사드리고 갈래?"

"아니, 다음에 할게."

그는 갑자기 마음을 바꿨다. 어쩌면 예전부터,
뭔가 편치 않은 일이 그의 마음속에 있다는 걸
어렴풋이 느꼈다.

"그래 그럼. 조심해서 올라가고. 낼 모레 봐."

그는 나를 천안 부모님 댁에 내려주고 먼저 서
울로 올라갔다. 그 여행이 마지막이었다. 그때
는 그날이 마지막일 줄 알지 못했다. 그는 서울
에서 다른 여자에게 보낼 문자를 내게 잘못 보
냈고, 진실을 알고 싶었던 나는 진짜 진실을 알
고 난 후엔 돌아갈 수 없었다. 내가 그토록 알고
싶어 하던 진실은 이별을 데리고 왔다.

아이들과 함께 스벤의 아빠 마이크를 만났다.
아이들이 먼저 뛰어가 인사를 하고, 뒤이어 나
도 인사를 했다.

"안녕하세요."

그는 온화하고 부드러운 미소가 가득한 사람이
었다. 진심으로 반겨주는 마음을 느낄 수 있었
고, 나도 금세 친근함을 느꼈다. 우리 아빠와 나
이도 같았다. 스벤과 마이크는 가져온 요트를

물에 띄우고 선착장까지 몰고 가는 데 거의 한 나절을 보냈다. 무슨 논의할 게 그렇게 많은 지 한참 동안 서서 얘기하고 움직이고 얘기하고 움 직이고. 그동안 아이들을 돌보는 것이 내 임무 였는데, 애들이 대개 그렇듯이 게임기만 있으면 무인도에서도 살 애들이라 딱히 내가 필요하지 않았다. 오히려 무료한 내가 애들한테 말 걸고 귀찮게 할 뿐. 이럴 줄 알았으면 책이라도 가져 올걸, 비키니라도 챙겨올걸 후회하며 호숫가에 서 놀고 있는 사람들을 멍하니 구경했다.

트레일러에 싣고 온 요트를 안전하게 물에 띄 우는 게 쉬운 일은 아니었다. 이리저리 시도 끝 에 드디어 요트를 물에 띄우고 스벤이 선착장으 로 몰고 갔다. 그사이 우리는 아빠 차를 타고 선 착장으로 향했다. 안전하게 배를 정박하고 모든 것을 끝냈을 땐 저녁 무렵이었다. 다 같이 밥이 라도 먹고 싶었는데, 마이크는 서둘러 가야 된 다고, 호텔에 일찍 들어가 저녁 먹고 자고 싶다 고 했다. 스벤도 아빠의 그런 스타일에 익숙한 지 더 이상 권하지 않았다.

몇 달 만에 만나서 저녁도 안 먹고 헤어지는 가 족이라니. 뭐 이런 쿨한 아빠가 있나 싶기도 하 고, 뭐 이렇게 안 권하는 아들이 있나 싶었다. 나 같았으면 저녁은 먹고 가야 된다고 끝까지 졸랐을 거고, 그러면 우리 아빠는 마지못해 먹 고 가셨을 텐데. 그게 우리네 스타일이고 정인 데. 놀라우면서 아쉬운 마음은 나뿐이었다. 요 트 클럽 룸에서 맥주 한 병씩을 마시고 두 부자 는 헤어졌다.

"크리스마스 때 꼭 다시 보면 좋겠어요. 그때 다

시 만나요."

뺨 인사를 하며 스벤의 아빠가 말했다.

"저도요. 그럼 그땐 오늘 못한 저녁 식사 꼭 같이 해요, 마이크."

크리스마스에 만난다는 건, 스벤의 가족들과 함께 시간을 보낸다는 것이다. 스벤이 아이들을 데리고 며칠 동안 카를스루에(Karlsruhe)에 있는 부모님 댁에 내려가기 때문이다.

"이미 가족들한테 너를 크리스마스에 데려가고 싶다고 말했어. 아빠는 먼저 허락하신 거네."

크리스마스까지는 아직 멀었지만 우리는 같이 사는 걸 얘기하고 있었으니까. 이번 겨울에 내가 다시 베를린에 오기로, 그래서 같이 지내기로 했다. 서울에서 정리할 것도 많으니 시기는 이듬해 1월쯤으로 생각하고 있었다. 하지만 마이크의 초대가 마음에 남았다. 나는 어쩌면 독일에서 크리스마스를 보낼지도 모르겠다고 생각했다.

십수 년 만에 연애를 해서 그런가,
왜 이렇게 처음인 일이 많은 건지,
내가 생각해도 민망했다.

꼭 갖고 싶은 조명이 있었다. 몇 년 전, 성북동 챕터원에서 보고 한눈에 반한 조명이었다. 심플한 디자인의 조명은 오래된 빈티지 제품이었지만, 동시에 매우 현대적인 느낌도 품고 있었다. 고가의 가구들 속에서도 은은하고 강한 존재감을 내뿜던 조명. '얼마지?' 하고 본 들춰본 가격은 무려 110만 원.

'뭔데 이렇게 비싼 거야' 하고 제품 태그를 들춰보니 독일제였다. 나는 그때까지도 그 조명이 26) 바우하우스 시대의 가장 유명한 작품인 줄 몰랐다. '바겐펠트의 테이블 램프(Wagenfeld Table Lamp WG24)'. 며칠이 지나도 계속 그 램프가 생각났다. 이건 사야 된다는 신호다. 인터넷을 뒤졌고, 베를린에서 사면 거의 반값에 살 수 있다는 걸 알게 됐다. 쇼핑 목록 1순위에 올려둔 후 1년을 기다렸고 드디어 베를린에서 그 조명을 샀다.

바우하우스 시대의 제품이니 당연히 베를린에 있는 27) '바우하우스 아카이브'로 가서 사면 될 줄 알았다. 하지만 당시엔 아카이브 건물 전체

가 공사 중이라 한시적으로 크네제베크 거리에 오픈한 임시 건물로 가야 했다. 그곳에는 두 가지 버전의 바겐펠트 램프가 있었다. 원래 내가 사려던 것은 오팔 유리와 니켈 도금 금속으로 디자인한 제품인데, 검은 전선이 투박하게 기둥에 붙어 있었다. 다른 하나는 전선이 기둥 선반 아래로 숨어 있어 더 깔끔해 보였다. 오팔 유리의 은은한 청록색이 너무 마음에 들었지만, 검고 두꺼운 전선이 자꾸 눈에 거슬렸다. 30분 넘게 그곳을 서성였다. 그래도 결정을 못 하고 있다가 결국 나이 든 점원을 불렀다.

"램프를 사려고 하는데, 결정을 못 하겠어요. 원래는 이 오팔 유리 램프를 사려고 온 건데 이 검은 전선이 투박해 보여서요."

"바우하우스 시대에는 이 검은 선이 가진 기술적인 면까지 예술적인 것으로 봤어요. 기술적인 부분을 감추는 것이 아니라 드러냄으로써 아름다움을 찾으려고 한 것이 바우하우스 시대의 정신입니다. 오리지널리티를 찾는다면 이 오팔 유리 램프를 추천하고 싶네요."

그의 설명 덕분에 나는 더 이상 고민하지 않고 원래 사려던 조명등을 샀다. 한국으로 가져가야 하는데, 이 박스 포장이면 충분하겠냐고 몇 번을 물었다. 그는 유럽 내에서는 이 포장만으로도 항공 배송을 하고 있다며, 아주 튼튼하다고 나를 안심시켰다.

뮌헨을 경유하는 서울 비행기를 탔다. 환승 시간이 한시간인가 밖에 없었다. 커다란 조명 박스를 들고 비행기 시간을 맞추려고 미친 듯이 뛰다가 계단에서 엎어지기도 했다. 정강이에 시퍼렇게 멍이 들었지만, 오팔색 바겐펠트의 램프는 무사히 내 침대 옆에 놓였다.

스벤과 어느 인테리어 숍을 지나가다가 이 램프를 산 이야기를 했다. 바우하우스고 뭐고, 그는 내가 그 돈을 주고 조명등을 샀다는 데 더 충격을 받은 것 같았다.

"램프를 470유로나 주고 샀다고? 내겐 평생 일어나지 않을 일인데!"

"아니 왜! 내가 거의 2년이나 기다렸다 산 거라니까. 얼마나 심사숙고한 건지 알겠지? 근데 진짜 근사하지 않아? 볼수록 멋진 것 같아, 이 조명. 다음에 우리 집에 오면 보여줄게."

내가 서울로 돌아오고, 6주 뒤에 스벤이 왔다. 서울에서 같이 한 달을 보내며 매일 밤 이 램프를 켰다. 그리고 램프를 산 지 2년도 안 돼서 나는 다시 베를린에서 살고 있다. 미처 집 정리를 못한 채 와서 가구며 옷이며 살림살이가 그대로 남았다. 서울에 두고 온 내 바우하우스 조명도 자꾸 생각난다. 다시 베를린으로 들고 와야 하나? 진지하게 고민 중이다.

도대체 알 수 없는 것들

친구들과 어울려 술을 마시러 갈 때를 빼고는 둘이서 바를 가는 날이 확실히 줄었다. 자고로 '바(Bar)'란 친구들과 몰려가 모스코 뮬도 마시고 운 좋으면 옆 테이블 잘 생긴 남자들과 말도 섞고 하는 재미로 가야지, 몰두할 상대가 생긴 우리에게 바는 이제 장식에 불과했다. 서로에게 온전히 집중할 수 있는 소파와 아이스크림, 넷플릭스가 있는 집이 최고의 바가 되었다. 함께 봐야 할 시리즈가 수두룩한 넷플릭스에서 우리는 28) <스트레인저 씽즈>를 첫 타자로 보기 시작했다. 스벤의 '최애' 시리즈였다. 나는 넷플릭스 계정을 오래전에 친구가 공유해줬는데도 본 적이 없는 '생초보' 유저였기 때문에 기꺼이 그의 추천을 따랐다.

한글 자막 없이 영어로 에피소드를 봐서 그런 진 몰라도 <기묘한 이야기>라는 한글 제목은 보면 볼수록 별로란 생각이 든다. 일본의 동명 드라마가 생각나서 별로고, 일요일 아침엔가 하던 TV 프로그램이 생각나서 더 별로다. 차라리 원제목 그대로 쓰는 게 백배는 나았을 것 같다. 아니면 '도대체 알 수 없는 것들' 뭐, 이 정도로 하든지.

우리의 많은 밤은 <스트레인저 씽즈>와 와인으로 채워졌다. 에피소드에서 자주 등장하는 대사, '프렌즈 돈 라이(Friends don't lie)'를 말하며. 우리도 거짓말은 절대 하지 않기로 밤마다 약속했다. 시간 날 때마다 챙겨 봤지만 워낙 할 게 많았기 때문에, 시즌 2를 반도 보지 못했다. 어느덧 나는 서울로 돌아와야 했고, 나머지 에피소드는 다시 만났을 때 보기로 했다. 그때까지 서로 아껴두기로.

서울로 떠나기 전날, 스벤이 주고 싶은 게 있다

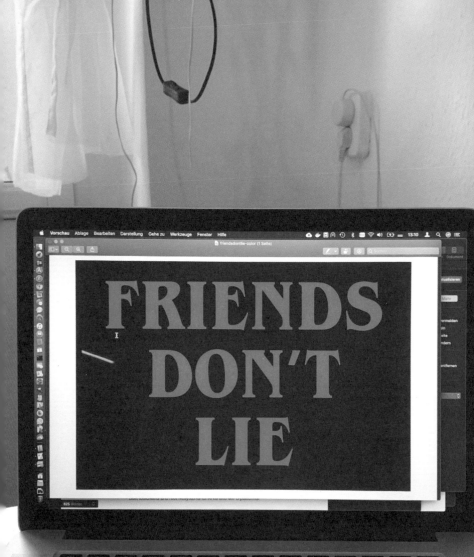

고 했다. 언젠가 그가 트램틀 탔다가 찍은 사진을 봤는데, 한 여자가 'Friends don't lie'가 쓰여진 티셔츠를 입고 있었다. "와, 스트레인저 씽즈 티셔츠네! 멋지다! 나도 입고 싶어."

지나가는 말로 한마디 했는데, 그걸 기억하고 스벤이 티셔츠를 만든 것이다. 직접 <스트레인저 씽즈>의 폰트를 찾아서 디자인을 했다. 원하는 도안을 갖다주면 티셔츠로 만들어주는 숍은 많으니까 맡기기만 하면 됐다. 우리는 같이 티셔츠를 만들러 프리드리히샤인 지역으로 갔다. 티셔츠 색을 고르고, 글자도 야광 오렌지색으로 골랐다. 서울에서라면 몇 시간이면 만들었겠지만, 여기는 베를린이니까, 다음 날 찾으러 와야 했다.

공항 가는 길, 스벤과 같이 티셔츠를 입었다. 이 티셔츠를 입고 6주 뒤에 다시 만나기로 했다. 그때는 서울에서. 많이 울 것 같았지만 의외로 울음은 나지 않았다. 중년의 헤어짐은 이런 것인가 싶게 잔잔했다. 공항에서 커피 한 잔을 마시며 시간을 확인했다. 베를린에서 보낸 두 달. 특별한 누군가를 원했지만 기대하지 않았고(늘 일어나지 않았으니까), 이렇게 순식간에 뭔 일이 벌어질지도 몰랐던 시간이었다. 큰 기대 없이 시작했던 일이 사랑이라 부를 수 있는 일이 되었고, 내게도 소중한 사람이 생겼다. 도무지 알 수 없는 것들. 그러고 보면 인생도, 사랑도 살아보지 않고는 언제나 한 치 앞도 알 수 없는 것들이었다.

#9

베를린으로 오는 건 평생의 꿈이었어

"팬케이크 좋아해? 일요일 아침에 해 먹을까? 친구가 알려준 레시피가 있는데 진짜 맛있어!" 갈비찜을 해준다고 하면 내가 눈물을 흘리며 감사히 먹겠지만, 팬케이크는 평생 먹어도 그만, 안 먹어도 그만인 음식. 디저트 단 것은 먹지만 음식 단 건 질색하는 나라도, 묘한 하늘색 눈동자를 들이밀며 말하는 그에게 차마 "노 땡큐" 할 수는 없었다. 사실 내게 팬케이크는 좋고 싫은 정도의 개념도 없는 음식이었다. 팬케이크는 그냥 팬케이크인 것이다. 하지만 나는 사랑의 힘으로 웃으며 말했다. "오! 굿 아이디어야!"

스벤은 계량스푼과 저울, 전동 거품기까지 총동원해 팬케이크를 만들었다. 계량을 위한 도구는 없는 게 없었다. 모든 재료의 양을 정확하게 재서 만든 그의 팬케이크는 기대 이상으로 맛있었다. 잘게 씹히는 소금의 짠맛과 메이플 시럽의 단맛이 최고의 '단짠' 궁합을 이루면서, 촉촉하고 따스한 팬케이크를 나는 네 장이나 먹었다. 수학에 능통한 너드인 줄만 알았는데, 스벤은 음식 감각도 좋았다. 아니, 계량 감각이 좋다고 해야 하나? (그래도 내일 아침엔 꼭 한식을 먹고 싶다!)

아침 먹자고 만들기 시작한 팬케이크를 친구 생일 파티에 가져갈 양까지 만들다 보니 오후 4시를 훌쩍 넘겼다. 친구 집에 도착하니 5시. 스벤의 친구 하네스는 일본어 강사고, 그의 아내도 일본 사람이라 하네스 생일 파티에는 일본인 친구들이 많이 왔다. 그중엔 독일인 엄마와 일본인 아빠 사이에서 태어난 유리카가 있었다. 쉰살은 넘어 보이는 남녀가 능숙하게 양반다리를 하고 앉아서 말했다.

"엄마는 집에서도 우리한테 독일 말을 거의 하지 않았어. 그래서 어렸을 땐 독일 말을 거의 못했지. 1950~1960년대엔 도쿄에 사는 외국인이 거의 없었고, 엄마도 독일어로 대화를 나눌 친구가 거의 없어서 그랬나 봐. 독일어는 학교 다니면서 본격적으로 배우기 시작했어."

보수적이던 아시아의 시대 배경을 감안하더라도, 그리고 도쿄에 사는 외국인이 거의 없던 시절이라 해도, 그녀의 엄마가 모든 말을 일본어로만 한 건 다소 납득하기 어려웠다. 자식들에겐 자신의 모국어로 말해도 됐을 텐데. 일본으로 넘어와 평생 독일 말을 거의 하지 않고 살았던 그녀의 삶은 얼마나 외로웠을까, 문득 생각했다.

"베를린으로 오는 건 평생의 꿈이었어."

부모님이 모두 돌아가신 후, 유리카는 마흔 살이 넘어서 베를린으로 왔다고 했다. 나이 많은 여자가 결혼도 안 하고 혼자 사는 건 일본에서도 꽤나 눈치 보이는 일이었다고 했다. 결혼을 하든 말든 아무도 신경 쓰지 않는 베를린에서 살고 싶었다고, 그래서 교환학생 시절에 와봤던 베를린으로 다시 왔다고 했다.

나도 베를린에서 살고 싶은 때가 있었다. 뭘 해도 자유롭고 새로운 것 투성인 이 쿨한 도시에서 살아보고 싶었다. 하지만 모든 걸 훌훌 털고 오기엔 용기가 없었다. 30대 중반이란 나이도 그땐 늦었다고 생각했다. 여행 기사 쓴답시고 자주 외국을 다닌 것도 다른 도시에 살고 싶은 갈망을 줄였다. 한 달에 한 번씩 출장을 갔다 돌아오는, 내 집 있는 서울이 좋았다. 외국에 나가면 나갈수록 서울만큼 살기 편한 도시도 없다는 걸 깨달았다. 사랑하는 가족과 친구들, 내 영혼의 한식이 있는 서울을 굳이 떠날 이유가 없었다. 나이가 들수록 '나가면 고생'이란 생각만 늘고, 도전정신은 안일함, 귀찮음과 자주 맞바꿔 먹었다.

이런 내가 다 늦게, 갑자기, 베를린에서 살게 됐다. 거창한 계획도 없이, 베를린에서 만난 남자 하나 믿고 옮겨와 살고 있다. 온갖 애정으로 사들인 서울의 살림살이며, 친구며, 가족을 다 서울에 두고 왔다. 베를린에서 뭐해 먹고 사나 하는 걱정이 없는 건 아니다. 하지만 그 고민은 서울이든 베를린이든 어디서나 하는 것. 프리랜서 작가로 오래 살았고, 한 직장에 매인 몸도 아니어서 결정하기가 쉬운 것도 있었다. 하지만 베를린에 훌쩍 오게 된 건, 뭐랄까, 나이가 들수록 삶이 유연해졌달까. 아니면 만만해졌달까.

나이 들어 하는 사랑엔 생각 외로 주저함도 없었다. 40대 중년의 우리는 이제 금방 나이 오십이 될 거고, 쭈글쭈글한 주름을 마주하게 될 텐데, 하루라도 빨리 붙어 지내자고 했다. 그리고 무엇보다 스벤이란 사람이 주는 믿음이 있었다.

"20대에 결혼해서 와이프와 17년을 살았어. 난 파트너와 산다는 게 이띤 건지 알아. 서로 간에 노력이 없으면 남녀 관계를 지속하기는 정말 힘들어. 난 오히려 네가 걱정이야. 평생을 혼자 살았고, 남자랑 동거를 해본 적도 없잖아. 평생 너 하고 싶은 대로 살다가 누구랑 같이 산다는 게 쉽지 않을 텐데. 잘할 수 있겠어?"

평생의 꿈으로 뭔가를 악착같이 바라고 행동하면 언젠간 꼭 이루어진다고 생각했다. 그런데 살다 보니 어떤 것들은 그렇게 바라지 않아도 때론(때가 되어?) 이루어지나 싶은 생각도 든다. 이런 게 또 인생인가 싶기도 하고. 결혼이란 것도, 반려자라는 것도 평생 간절히 바란 적 없지만, 거의 포기하고 살았지만, 살다 보니 틴더로 만난 남자 하고도 진지해져서, 다른 도시에서 그것도 내가 사랑해 마지않는 도시에서 살아볼 작정을 하고 있지 않은가.

"이러다 베를린 댁 되는 거 아니야?" "결혼은 언제 해?"

서울로 돌아오니 친구들은 내게 끝도 없이 물었다.

"먼저 같이 살아보려고. 잘 맞으면 오래 사는 거고, 아님 다시 돌아오겠지. 결혼이야 나중에라도 필요하면 하는 거고, 아니면 말고."

대답이 쿨해 보일지 몰라도 사실 지금 내가 할 수 있는 대답은 이게 전부다. 우린 함께하기로 했다. 서로 노력하며 사랑하며 살아보기로.

#10 사랑한다는 말

"그런데 둘은 어떻게 만났어?"

하네스의 생일 파티에서 만난 사람들이 물었다. 틴더로 만났다고 했더니 친구들은 다 그게 뭐냐는 표정이었다.

"오 컴온, 생각해봐, 요즘 시대에 우리가 어떻게 이성을 만날 수 있겠어? 설마 아직도 다들 바나 클럽에서 술 먹다 만난다고 생각하는 건 아니지?"

스벤이 되물었다. 하지만 생일 파티에 온 친구들은 하나같이 "그럼 아니야?" 하는 표정이었다. 데이팅 앱으로 누굴 만난다는 건, 프로그램을 개발하는 게 일이고, 온갖 앱과 프로그램에 능통한 스벤만이 아는 세상 같았다. 하긴 뭐 나도 틴더 초보자니까, 틴더를 들어본 적도 없는 그들의 반응도 십분 이해가 갔다. 게다가 결혼한 40대 이상의 중년들이 요즘 애들이 쓰는 데이팅 앱을 써볼 일도 없지 않은가. 친구들은 또한, 그런 데이팅 앱으로 만나서 너희가 얼마나 진지해질 수 있겠니, 하는 표정이었다.

"동미가 서울로 돌아가면 너네는 앞으로 어떻게 만나? 장거리 연애 하려면 힘들겠다."

"다음 달에 내가 서울로 가는 비행기 티켓을 끊었어. 내년 초에는 동미가 베를린으로 와서 함께 살기로 했어."

스벤이 말하자 친구들은 그제서야 좀 놀라는 것 같았다.

"사실 우린 만난 지 한 달째부터 서로 사랑한다는 말을 하기 시작했어."

그의 고백 같은 말에 유리카가 놀라며 말을 이었다.

"와, 정말? 그래, 좋아 보인다. 둘이 잘됐으면 좋겠어. 일본에서는 아무리 사랑해도 사랑한다는 말을 하지 않는데…."

"뭐라고? 그럼 연인들은 뭐라고 말해?"

이번엔 내가 놀라서 물었다.

"다이스키(大好き). 너를 많이 좋아해, 라고 해. '나는 너를 사랑한다' 라는 말이 있긴 해. 아이시테루(愛してる). 하지만 아무도 이 말을 쓰지는 않거든."

아이시테루. 그래, 나도 일본 애니메이션에서 들어본 적이 있다. 그런데 실제로 쓰는 말이 아니라니, 신기했다. 일본 사람들은 '아이시테루'라고 하면, 사랑한다는 것보다 훨씬 더 심각한 상황으로 받아들이기 때문에 서로 부담스러워서 잘 쓰지 않는다고 했다.

"일본 사람들은 좋아한다는 말로 사랑을 대신하고, 사랑한다는 말 대신 꽃이나 선물을 주는 행동으로 사랑을 표현해."

'사랑해'를 대신할 만한 우리 말이 뭐가 있을까? 좋아해, 널 많이 아끼고 있어, 널 갖고 싶어 등등이 있겠지만, '사랑한다'는 말만큼 분명하고 확실한 말이 또 있을까? 사랑한다는 건 말 그대로 사랑한다는 것. 그 말을 부담스러워하지 않고 부모에게, 친구에게, 연인에게 할 수 있다는 사실이 새삼 좋았다.

며칠 뒤 정아의 남편 이노가 스벤에게 물었다.

"그래서 한국말은 뭘 배웠어?"

"사랑해."

"그리고 또?"

"내꺼야."

**BERLIN
IN LOVE**

**BERLIN
IN LOVE**

**BERLIN
IN LOVE**

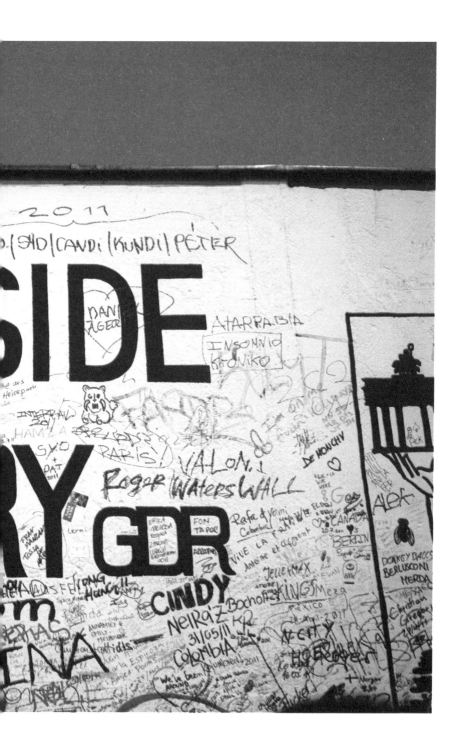

**BERLIN
IN LOVE**

**BERLIN
IN LOVE**

"이 책은 동미와 나, 우리 둘의 이야기인데, 이 책 때문에 우리가 6주나 떨어져 있어야 된다는 게 말이 돼? 너무 아이러 니하지 않아? 출판사도 그래. 상황이 이러면, 아 그럼 지금 오지 말고, 나중에 남자 친구랑 같이 와라, 우리가 서울에서 열심히 홍보하고 있겠다, 이럴 줄 알았는데, 어떻게 너한테 혼자 오라고 할 수가 있어?"

책이 나올 일정이 정해지고 서울로 가는 날짜를 알아보던 중, 스벤이 한국에 갈 수 없는 상황임을 알게 되었다. 코로나19 때문에 독일인은 '임시 비자'를 받아야만 한국에 들어갈 수 있는데, 특별한 사유가 아니고서는 비자를 내주지 않는다는 것이다.

'여자 친구가 에세이를 썼는데, 내용이 남친인 본인과도 연관된 거라서 책 마케팅을 위해 함께 가려고 한다. 출판사에서 함께 오길 희망한다'는 이유만으로는 비자 받기가 영 힘들 거라는 것. 비자를 받으려면 한국에 소속된 회사가 있어야 하고, 회사 확인서가 있어야 하고, 초청장이 있어야 되고 등등 조건이 많았다.

게다가 남자 친구는 2주 격리도 '내 집'에서 같이 할 수 없다고 했다. 외국인은 무조건 지정된 호텔로 가서 따로 격리해야 한다는 것. 비용은 210만 원. 어차피 한날 같이 들어갈 건데, 우리 집에서 함께 격리할 수 있는 방법이 없겠냐고 물었더니, 대사관 담당자는 똑 부러지는 목소리로 대답했다.

"혼인증명서를 가져오세요."

8개월째 동거 중인 우리에게 상황은 이렇게 '같이 갈 수 없다'로 흘러가고, 남자 친구는 6주를 (다시) 떨어져 있어야 한다는 사실에 초조해했다. 한동안 떨어져 있어야 하는 것이 나 또한 싫고 힘들지만, 그래도 나는 그럭저럭 견딜 수 있다.

가끔은 나도, 그가 다른 커플처럼 서로 떨어져 있는 동안 각자 할 일을 하면서 별문제 없이 느긋하게 기다릴 수 있다면 좋겠다. 벌써 불안에 휩싸여 식욕을 잃고 눈물을 흘리지 않으면 좋겠다. 그의 불안이 심해져서 내가 혹시라도 서울을 못 가게 되거나, 오래 못 본 가족, 친구들과 마음껏 시간을 못 보내게 될까 봐, 그래서 나중에 그 책임을 "너 때문이야"라며 남자 친구에게 돌리고 그를 원망하는 일이 생길까 봐 두렵다. 남자 친구 역시 똑같은 상상을 하며 불안해한다. 우리는 이처럼 늘 크고 작은, 혹은 일어나지 않을 불안을 안고 산다.

어쩌면 같이 산다는 건, 그의 불안을 통해 나의 불안을 확인하고, 서로의 불안을 위로하고 공감하는 능력을 키우는 일일지 모른다. 적어도 내게는 그렇다. 서로의 불안을 확인하고 나누는 일이 기쁨을 나누는 것보다 몇 배는 더 힘이 드는 일이지만, 그래서 더 큰 위로와 힘을 얻는다는 것도 배웠다.

작년 여름에 내가 서울로 돌아오고 6주를 떨어져 있다가 스벤이 서울로 왔을 때, 나는 내가 사랑하는 서울의 진짜 매력과 짜릿한 면면을 보여줘야지 하며 들떠 있었다. 매일 함께 즐거운 시간을 만들어가기라 의심치 않았다. 하지만 남자 친구가 도착하고 6일 뒤, 나는 세상에서 제일 사랑하는 한 사람을 잃었다.

나를 '평생의 뮤즈'라 불러주고 또 자주 '종간나'라고 불렀던… 친오빠 같고 친언니 같고 인생의 베프였던 나의 '오빠'가 갑자기 세상을 등졌다. 집에서 비빔밥을 먹다 말고 병원으로 달려갔다. 제정신이 아니었던 나와 함께, 남자 친구는 생각지도 못했던 타국의 장례식장에서 3일을 보냈다. 그가 한국에 와서 내가 가장 의지하고 사랑했던 사람의 관을 들게 될 줄 누가 알았을까. 스벤은 오히려 오빠의 관을 메고 끝까지 함께 할 수 있어서 다행이었다고 떠나는 날 나와 친구들에게 말했다. 나는 그 마음이 고마워서 또 눈물이 났다.

베를린에선 어차피 보고 싶어도 잘 못 보니까, 그냥 오빠가 서울에서 살고 있다고 믿어도 될 텐데… 나는 지금도 자주 가슴이 무너진다. "오빠는 저 위에서 우리를 내려다보며 여전히 잔소리를 하고, 바쁘게 여기저기 참견하고 다닐 거야."라며 정아는 웃었지만, 그럴 때마다 나는 떠난 오빠에 대한 '애착'을 청승맞게 혼자 붙들고 있는 기분이었다. 결국 아무것도 하지 못할 거면서. 그래도 베를린에선 눈물이 날 때마다 아무 말 없이 보듬어주는 스벤이 있어 슬픔과 불안에도 무너지지 않고 오늘도 웃으며 살고 있다.

인생의 대부분을 누군가와 함께 살아서 혼자 지낸 시간이 거의 없는 남자와, 15년 전에 마지막 연애를 하고 인생의 대부분을 혼자 산 여자가 만나서 잘 지낼 확률은 얼마나 될까?

처음에 우린 둘 다 이런 의문을 가졌다. 1년이 지난 지금, 여전히 어떻게 흘러갈지 모르는 인생이지만 우리는 서로의 감정을 보듬고 위로하며 지내고 있다. 언어와 표현이 서툰 나보다는 경험과 배려심이 많은 그가 더 자주 우리의 관계를 이끈다.

베를린을 많이 왔지만, 그래서 많이 알고 있다고 생각했지만, 사랑하는 사람과 함께한 베를린은 또 많이 달랐다. 12년 동안 알았던 베를린이 맞나 싶게 새롭고 낯선 것들이 많아서 설렜다. 처음엔 그 새로운 것들을 소개하고 알려주고 싶은 마음이 컸지만, 글을 쓰면서 점점 더 나도 몰랐던 나 자신을 들여다보게 됐다. 불안을 마주하는 용기, 자기감정을 표현하는 솔직함, 사랑과 신뢰를 쌓아가는 시간과 공간을 거치면서 스벤과 나는 '우리의 베를린'을 만들어 가고 있다.

너의 도시로 만난 베를린은 그렇게 나의 도시가 되었다.

BERLIN
INDEX

❶ 틴더(Tinder)

'그래도 어쩌면 괜찮은 사람을 만날 수 있지 않을까?' 기대하는 여자들과 진지한 만남을 바라지 않는 남자들이 많이 이용하는 데이팅 앱이다. 그래서 틴더에는 원나잇스탠드를 원하는 남자들도 많다. 부담 없이 이용할 수 있다는 장점이 있지만 '괜찮은' 사람을 찾으려면 오랜 시간 공을 들이거나 운이 따르거나 둘 중의 하나다. 많은 사람들이 이용하는 앱인 만큼 틴더로 커플이 되는 이들도 많다. 유료 서비스인 '틴더 플러스' 또는 '틴더 골드'에 가입하면 누가 나에게 '좋아요'를 보냈는지 알 수 있고, 나이가 보이지 않도록 설정할 수도 있다.

tinder.com

❷ 파울리 잘(Pauly Saal)

1835년 베를린 최초로 세워진 유대인 여학교 건물 1층에 만들어진 미쉐린 원 스타 레스토랑. 베를린에서 가장 성공한 레스토랑 그릴 로얄(Grill Royal)의 오너가 운영하는 화제의 맛집이다. 독일 바이마르주의 전통 음식을 현대적인 오트 퀴진으로 만들어 선보인다. 술을 마실 수 있는 라운지 바가 별도로 자리해 있다. 유리창 너머 오픈 키친이 보이는 정면의 벽 위에는 실제 사이즈의 로켓이 소품으로 전시되어 있어 눈길을 끈다. 널찍한 야외 테이블 자리도 사랑받는다.

Auguststrasse 11-13, 10117/ paulysaal.com

❸ 알테스 유로파(Altes Europa)

비싼 음식에 돈을 잘 쓰지 않는 베를리너들에게 합리적이면서도 맛있는 음식을 파는 집으로 사랑받는다. 케제슈페츨레 등 독일 전통 요리가 있고, 그날의 요리를 매일 큰 칠판에 써서 걸어 놓는다. 길거리에 내놓는 야외 테이블은 날씨가 좋을 땐 최고의 인기 자리다. 미테 지역을 지나다니면 이 야외 테이블 자리를 몇 번은 지나게 된다. 레스토랑 내부는 오래된 나무 테이블과 의자가 있는 빈티지한 분위기. 양초를 켜는 밤에는 더욱 로맨틱한 분위기가 된다. 저녁 시간엔 와인을 마시기에도 좋다.

Gipsstrasse 11, 10119/ alteseuropa.com

❹ 베켓츠 코프(Becketts Kopf)

밖에서 벨을 누르면 문을 열어준다. 커다란 바가 있는 자리에선 담배를 피울 수 있고, 안쪽은 금연석이다. 커튼 뒤 안쪽이 좀 더 은밀한 느낌. 1880~1910년대 유행한 클래식 스타일의 칵테일을 만들고, 항상 신선한 재료를 쓰는 걸로 유명하다. 철학자이자 문학인 주인의 취향이 담긴 칵테일은 독창적인 제목과 시적 묘사로 설명되어 있다. 2004년에 오픈했다.

Pappelallee 64, 10437/ becketts-kopf.de

❺ 홀츠마르크트 25(Holzmarkt 25)

슈프레 강가에 있는 야외 바 정도로 알고 가도 상관없지만 이 공간이 생긴 데에는 심오한 배경이 있다. 원래 이곳은 '바 25'라는 클럽이 있던 자리다. 내가 베를린에 처음 갔던 2007년에 바 25는 베를린에서 가장 핫한 곳이었다. 클럽이라고만 할 수도 없는 것이, 야외 부지 안에 레스토랑, 바, 호스텔, 사우나까지 있었다. 베를린의 미친 예술가들과 뮤지션, 클러버들이 금요일에 들어갔다가 월요일 아침이 되어서야 나오는 파티 소굴이자 예술가들의 집합소였다. 당시 바 25를 모르는 사람은 거의 없었다. 바 25의 주인들은 5월에서 10월까지만 클럽을 열고, 겨울에는 따뜻한 나라로 여행을 다녔다. 정아와 내가 지은 식스먼스오픈 바의 이름도 이 곳에서 영감받아 지은 것이다.

2010년 땅 주인이 부지를 팔겠다고 내놓는 바람에 바 25는 문을 닫아야 했다. 이 공간을 통해 형성된 예술가들 커뮤니티가 모든 사람들과 함께 일하고 놀 수 있는 상징적인 공간을 구상하게 되었고, 실제 일을 추진하기 시작했다. 몇 년 뒤, 다행히 해외 투자자를 찾아 이곳 땅을 구입하고 75년 장기 임대계약을 맺었다. 홀츠마르크트 25 협동조합(Holzmarkt 25 Cooperative)과 도시 창조성 협동조합 (Cooperative for Urban Creativity)이라는 두 개의 협동조합을 만들어 공간을 계획하고 운영하는 중이다. 부지 안에는 극장, 클럽, 바, 레스토랑, 베이커리, 음악 스튜디오, 유치원까지 있다. 커뮤니티에 의해 운영되지만 독창적인 아이디어에 기반한 외부의 푸드트럭, 팝업 식당, 대관 행사 등도 열린다.

4년에 걸쳐 완성된 이곳은 막상 가보면, 막 자란 듯한 강가의 나무 덤불과 목재로 만든 건물들이 전부다. 소박하게 보이지만 이 자연스러운 분위기의 이면에 많은 사람들의 지지와 협동, 노력이 배어 있다. 베를린에서 가장 베를린스러운 장소를 꼽으라면 이곳을 빼놓을 수 없다. 봄가을엔 한낮에도 앉아 있기 좋지만, 한여름에는 노을 지는 저녁부터 밤 시간이 제일 인기 있다. 간단한 스낵부터 맥주를 야외 공간에서 즐길 수 있다. 홀츠마르크트 바로 옆쪽에 붙어 있는 클럽, 카터 블라우 (Kater Blau)도 유명하다. 홀츠마르크트 25의 입장료는 따로 없다.

Holzmarkt Str. 25, 10243/ holzmarkt.com

❻ 크라프트베르크 베를린(Kraftwerk Berlin)

1960년 초 발전소로 지어졌다가 통일 후엔 트레조 클럽의 일부로 쓰였던 곳이다. 비어 있는 공간이 주는 느낌이 압도적이다. 베를린의 '테이트 모던'이라 표현하기도 하지만 그 수식어 만으로는 부족하다. 베를린이라서 개최할 수 있는 멋진 전시와 퍼포먼스, 이벤트가 항상 열린다. 책에 소개한 <딥 웹> 전시는 끝났지만, 새로운 이벤트가 많이 열리니 팔로우해 보시길.

Köpenicker Str. 70, 10179/ kraftwerk.de

7 알랭 드 보통의 인생학교(The School of Life)

인생의 모든 순간을 지배하는 삶의 중요한 주제들에 관심을 갖고 그 주제에서
뽑아낸 통찰과 지혜로 사유의 깊이를 더해 우리 삶의 질을 높이는 것을 목적으로
한다. 철학가이자 작가인 알랭 드 보통을 중심으로 런던 본교와 서울을 포함해
전 세계 10개국, 11개 도시에서 운영 중이다. 삶의 의미와 살아가는 기술에 대해
강연과 토론, 멘토링, 커뮤니티 서비스를 제공하며 일, 자기 인식, 사교, 평온함, 레저
등 6가지 카테고리로 구분한 책 <북 오브 라이프(The book of Life)>를 출간하고
있다. <북 오브 라이프>는 정신 분석학적 접근을 바탕으로 우리가 습관적으로 혹은
지속적으로 느끼는 불안이 대개 자신의 감정을 제대로 읽지 못하거나 처리하지
못한 결과에 기인한다는 걸 알려준다. 현대인들이 일상적으로 겪는 다양한 문제의
원인이 자기 이해, 연민, 의사소통의 결핍에 있다는 데에서 출발하며 어떤 구체적인
방법들이 도움이 되는지를 다양한 방법으로 소개한다.

theschooloflifeseoul.com

8 베를린에서 꼭 먹어봐야 할 아이스크림 숍

호키포키(Hokey Pokey)

베를린에서 제일 유명한 수제 아이스크림 숍이다. 여름에는 줄을 100미터씩 선다.
길 끝 코너까지 돌아갈 정도다. 2013년엔 사람들이 덜 오게 하려고 스쿱 가격을
올렸다는 일화가 있다. 리츠칼튼 호텔에서 파티셰로 근무한 니코 로버트가 신선한
과일과 최고급 초콜릿 등의 재료를 사용해 최고의 아이스크림을 만든다. 커피
알갱이가 캐러멜라이즈 된 바닐라 아이스크림 호키포키와 버번 위스키가 들어간
버번 바닐라 아이스크림이 이 집의 시그니처 메뉴다.

1호점 Stragarder Str. 72, 10437/ 2호점 Berliner Str. 49, 13189 /hokey-pokey.de

치피치피 봄봉(Chipi Chipi Bombon)

베를린의 좋은 데란 좋은 데는 '빠삭하게' 알고 있는 친구가 데려간 집. 정통
이탈리아 레시피와 아르헨티나의 둘세 데 레체(dulce de leche)를 응용한 밀크
아이스크림을 만드는 것이 특징이다. 모든 아이스크림 메뉴를 직접 만든다는
자신감, 헤이 밀크(hay-milk: 풀을 먹고 자란 소에서 짠 우유)를 사용하는 점, 현지
시장에서 구입하는 신선한 재료를 쓰는 점 등을 적극 홍보한다. 캐러멜의 강렬함이
느껴지는 둘세 데 레체 아이스크림이 시그니처. 달콤한 '뽑기'가 연상되는 맛이다.

Warschauer Str. 12 10243 / chipochipibombon.com

프레아(FREA)

베를린은 '세계의 비건 수도'라 불릴 만큼 비건 음식이 발달했다. 독일 전체 인구의 10%, 그러니까 800만 명의 채식주의자와 비건 인구가 있으며, 베를린에만 600여 개의 비건 & 비건 프렌들리 음식점이 있다. 프레아는 독일 최초로 제로 웨이스트를 실천하는 비건 레스토랑으로 큰 화제를 모았다. 미테의 핫한 레스토랑으로 떠오른 이곳에선 음식뿐 아니라, 인테리어, 쓰레기까지 제로 웨이스트를 실천한다. 예를 들면 식재료는 가까운 산지에서 포장되지 않은 상태로 공급받고, 테이블에는 일회용 냅킨 대신 면 손수건을 쓰고, 사워도(sourdough) 브레드와 파스타, 헤이즐넛으로 만든 우유와 커피도 모두 직접 만들어 쓴다. 어쩔 수 없이 생기는 남은 음식은 화장실 가는 길에 보이는 관 같은 거름통으로 들어가 퇴비로 만들어진다. 샐러드와 홈메이드 파스타 혹은 구운 감자가 메인으로 나오는 점심 코스는 음료 포함해서 16유로. 적당한 가격으로 폼 내기 좋다. 베를린에선 보기 드물게 직원들도 엄청 친절하다.

Torstrasse 180, 10115/ frea.de

안 다오(Ahn Dao)

집과 가까워서 자주 가는 곳이다. 프렌츠라우어베르크에 있는 비건 동남아시아 레스토랑. 콩으로 만든 햄과 유부, 버섯이 들어간 포 하노이, 유기농 콩으로 만든 요거트와 두유로 조림 국물을 낸 '카포(Ca Pho)'를 추천한다. 카 포는 원래 돌솥 같은 그릇에 국물이 자작하게 담긴 생선조림 같은 음식인데, 안 다오의 카포는 생선 대신 콩으로 만든 새우, 가지, 그린 바나나, 세이탄(seitan, 밀고기)과 각종 야채가 들어 있다. 조림 국물 같은 소스가 향수병을 달랠 만큼 우리 입맛에도 잘 맞다.

Danziger Str. 42 10435/ ahndao-indochinesischespezialitaetenberlin.de

럭키 리크(Lucky Leek)

비건과 파인 다이닝의 만남! 2011년에 오픈한 이곳은 3~5가지로 구성된 코스 요리를 가성비 좋은 금액으로 즐길 수 있는 레스토랑이다. 두부나 콩을 이용한 단순한 비건 음식이 아니라 실제 소고기처럼 느껴지는 스테이크, 일반 치즈와 전혀 분간할 수 없는 비건 치즈 등을 독창적 코스 요리로 낸다. 야채 콩소메, 양배추 리소토, 구운 비트 스테이크, 배추 탄두리 등 이름을 보지 않으면 먹고 있는 재료를 알기 힘들 만큼 혁신적인 음식들을 선보인다. 비건 음식을 먹을 때 어쩔 수 없이 느껴지는 2%의 부족함이 조금도 느껴지지 않는 곳. 비건과 파인 다이닝의 만남. 3코스는 39유로로, 5코스 디너는 63유로다. 저녁에만 문을 연다.

Kollwitzstrsse 54, 10405/ lucky-leek.com

⑩ 프라이루프트 키노 크로이츠베르크
(Freiluftkino Kreuzberg im Kunstquartier)

독일 영화관의 특징은 상영되는 대부분의 영화들이 독일어로 더빙되어 있다는
것이다. 극장뿐 아니라 TV에서 보여주는 영화도 모두 더빙으로 방송된다. 자막이
익숙한 우리에게는 구식으로 느껴질 수도 있지만, 독일에서는 더빙이 익숙하고
발달한 문화다. 그래서 야외 영화관을 고를 때 원어에 영어 자막이 있는지 확인해야
한다. 안 그러면 이해도 못 하는 독일어를 두 시간 내내 듣게 될 수도 있다. 표를
예매할 때 OmU(영어), OmengU(원어+영어 자막), OV(원어) 등으로 표시된
영화를 고르자. 사이트에서 미리 예매를 해두면 표 사는 줄에 안 서도 되므로 빨리
입장할 수 있다. 티켓 값은 보통 7.50유로. 크로이츠베르크의 프라이루프트 키노는
베를린에서 가장 오래된 오픈에어 시네마 중 한 곳이다. 영어 자막이 있는 신작
영화도 자주 상영한다. 야외극장 안에 있는 야외 매점에서는 맥주와 음료수, 팝콘,
커리부어스트 같은 스낵도 판다. 베를린에 있는 야외 상영 극장 티켓을 openair-
kino.net에서도 예매할 수 있다.

Mariannenpl.2 10997/ freiluftkino-kreuzberg.de

⑪ 야외 영화관 프라이루프트 키노 크로이츠베르크 근처 가볼 만한 곳

쿤스트콰르티어 베타닌(Kunstquartier Bethanien)
프라이루프트 키노 크로이츠베르크 뒤에 붙어있는 건물의 정체. 다양한 전시와
워크숍, 음악스쿨 교육, 세미나 등이 이루어지는 문화공간이다. 양쪽에 35미터
높이의 탑이 세워진 외관에서부터 이미 오래된 포스를 풍기는데, 이 건물은 1847
년에 지어져 1970년까지 간호사를 양성하던 교육기관이자 병원으로 쓰였다. 이후
1973년부터 계속 문화예술기관, 전시장, 프로젝트 및 워크숍 공간 등으로 쓰이고
있다. '레지던시' 개념의 프로그램을 세계 최초로 시작한 곳이라는 설도 있다. 건물
안에 오래된 약국과 레스토랑도 자리한다.

Mariannenpl. 2, 10997/ kunstquartier-bethanien.de

테오도어 폰타네 파마시(Theodor-Fontane pharmacy)
쿤스트콰티어 베타니엔 건물 내부는 미로 같다. 복도를 따라 여기저기 걷다가
작은 약국을 발견했는데 분위기가 심상치 않다. 무작정 들어간 내부에는 옛날
약병과 약재를 넣는 서랍들이 그대로 전시되어 있는데, 이 건물이 병원으로 쓰였을
때 일하던 약사 테오도어 폰타네가 실제로 운영하던 약국이라고 한다. 현재는
박물관으로 운영하고 있다. 약의 용량을 재던 19세기 저울 등을 구경하며 잠시 시간
여행을 떠날 수 있는 곳이다.

드라이 슈베스테른(3 Schwestern)

야외 영화를 보기 전 저녁 먹을 장소로 근사한 곳이다. 레스토랑의 이름은 '세 자매'
라는 뜻. 아치형의 내부가 인상적인 이곳은 독일 남부와 오스트리아 지역 음식을
선보인다. 케제슈페츨레와 슈니첼 같은 전통음식을 적당한 가격으로 먹을 수 있다.
분위기에 비해 전혀 비싸지 않다. 제철 재료와 오가닉 재료, 공정무역 커피와 와인
등을 이용해 신뢰받는 곳이기도 하다. 주말에는 오후 3시까지 나라별 조식 메뉴와
바바리안 스타일 전통 아침 식사, 비건 조식 등을 즐길 수 있다. 6.50~8유로
대의 가격 또한 매우 매력적. 저녁 식사는 미리 예약을 하고 가는 것이 안전하다.
독일식 뇨끼나 껍질은 바삭하고 살은 촉촉한 독일식 로스트 포크도 맛있다.
레스토랑에 들어가 정면의 창가 쪽 자리에 앉으면 야외 영화관에서 틀어주는 영화
장면이 보인다. 하루는 야외 영화를 보러 갔다가 비가 내려, 영화를 보는 대신 이
레스토랑에서 저녁을 먹기 시작했고, 더 근사한 시간을 보냈다. 화창한 날엔 넓은
야외 정원 테이블에서 아침 식사나 런치를 즐기기 좋다.

3schwestern.com

12 피슈파브리크 베를린(Fischfabrik Berlin)

작고 아늑한 분위기. 낙지, 연어, 새우, 조개 등 그날그날 신선한 재료를 바로
요리해서 낸다. 생선구이도 있고, 해산물로 만든 샐러드 종류도 있다. 푸짐하게
해산물을 먹고 싶을 땐 플레이트로 시키면 된다. 만족스러운 가격에 맛도 일정하고
신선하다. 서비스에 대한 평가가 갈리고, 음식이 나오는 데까지 시간이 많이 걸리는
편이지만 당신에게만 그러는 게 아니니 긴장하지 말 것. 현금 결제만 가능.

Danziger Str. 24, 10435 /fischfabrik.eatbu.com

13 코스 요리를 인당 30유로대로 먹을 수 있는 '가성비' 좋은
베를린 레스토랑

카오 탄(Khao Taan)

변호사이던 주인이 셰프라는 오랜 꿈을 실현시킨 태국 가정식 레스토랑. 할머니의
레시피에서 많은 영감을 받은 그의 요리는 항상 가족들이 함께 먹는 것처럼 나눠
먹는 것을 기본 콘셉트로 한다. 할머니의 이름 탄(Taan)을 가게 이름으로 지은
이곳에서 정성스런 타이 요리를 맛볼 수 있다. 아뮈즈부슈를 시작으로 수프, 타이식
렐리시(relish) 소스, 샐러드, 커리, 메인 메뉴, 디저트까지 7가지 코스로 즐길 수
있다. 각 코스마다 음식은 두 종류씩 준비하는데, 두 명이 같은 종류를 주문해야
한다. 1인 코스 금액은 35유로로. 저녁에만 연다.

Gryphiusstrasse 10, 10245/ khaotaan.com

나이트키친(Night Kitchen)

한식과 함께 베를린에서 붐을 타고 있는 이스라엘 '텔아비브 퀴진'을 경험할 수 있다. 지중해와 맞닿은 도시 텔아비브의 현대식 요리를 선보이는 곳으로, 실제 텔아비브에 있는 레스토랑 나이트키친이 2017년 베를린에 오픈한 곳이다. 맛뿐 아니라 분위기, 직원들의 서비스, 1인 35유로의 가격까지 모두 만족스럽다. 베를린에서 친구들과 기분 내러 가기 좋다. 이때는 '디너 위드 프렌즈' 메뉴를 고르는 것이 좋다. 육류, 해산물, 비건 등 선호하는 메인 재료와 피해야 할 음식 등을 알려주면 그날 메뉴에 맞게 알아서 구성해서 추천해 준다. 음식도 큰 접시에 담겨 나와 모두 같이 나눠 먹는 스타일. 중동식 야채 샐러드인 타불레, 타히니(참깨) 버터와 곁들여 나오는 빵, 이스라엘 풍의 지중해식 문어 요리 등 알아서 나오는 음식을 믿고 먹기만 하면 되니 편하다. 3개월 단위로 메뉴를 바꾼다. 1층에 오픈 키친과 둘씩 앉으면 좋은 메인 바, 2층의 테이블 자리, 야외 가든 자리까지 공간도 다양하고 넓다. 저녁 식사는 두 시간 반으로 제한되어 2부제로 돌아간다. 황금 돔이 빛나는 유대교 회당 바로 옆 건물의 헤크만 회페(Heckmann Höfe) 중정 안에 숨어 있어 찾기가 쉽지 않지만, 그만큼 특별한 기대에 부응하는 곳이다.

Oranienburger Str.32 10117/ nightkichenberlin.com/

⑭ 해수욕 대신 호수욕, 베를린 호숫가 피크닉 명소 4

카페 암 노이엔 제(Café am Neuen See)

호숫가에 자리한 비어 가든으로 여름철에는 빈자리를 찾기 힘들다. 나무가 우거진 야외 테이블에서 호수를 전망으로 생맥주 마시기 좋다. 호수에서 배를 빌려 한 바퀴 도는 재미도 빼놓을 수 없다. 유유자적 노를 저으며 호수 깊숙이 들어가 바람에 흔들리는 나뭇잎 소리를 듣는 시간이 특별하다. 베를린만의 추억을 만들어주기 충분한 곳. 맥주와 어울리는 피자, 소시지 등의 기본적인 음식이 있다. 양이 푸짐한 피자는 9유로대로 가격도 적당하고 먹기 좋다. 맛도 기대 이상. 감자 샐러드 등도 3~4유로대. 어느 시간에 가도 항상 놀기 좋은 곳이다.

Lichtensteinallee 2, 10787/ cafeamneuensee.de

크루메랑케(Krumme Lanke)

추천 호수 중엔 가장 상급자 코스라 할 수 있겠다. 베를린의 젊은 친구들에게 특히 인기가 많은 호수다. U3 지하철을 타고 크루메랑케 역에서 내려 15~20분 이상 걸어간다. 모래사장이 깔려 있는 바데슈텔레(Badestelle)로 가면 된다. 가는 길에 호수 초입의 누드 비치도 지나게 된다. 자신 있다면 누드 비치에도 도전해보길. 모래가 있는 호숫가에 돗자리를 깔고 선탠을 하거나 수영을 하기 좋다. 물도 깨끗한 편이다. 일단 호숫가로 가게 가면 반나절 이상은 있게 되므로 먹을 것과 와인, 과일 등을 꼼꼼히 챙겨가면 좋다.

바데시프(Badeschiff)

12년 전 베를린에 처음 왔을 때, "와, 이런 곳이 있구나" 하면서 감탄했던 곳. 12년이 지난 지금은 다분히 관광지로 느껴지지만, 베를린에 처음 오는 사람들에겐 여전히 매력적이다. 프리드리히샤인 지역의 슈프레강 위에 유유히 떠 있는 바데시프는 여름에는 야외 수영장과 선탠장으로, 겨울에는 실내 수영장과 사우나로 운영된다. 대형 선박 컨테이너를 개조해 수영장으로 만들었고, 오버바움 다리 뒤로 보이는 베를린의 TV 타워와 조너선 보로프스키의 조각 작품 '분자인간'이 멋진 배경이 되어준다. 베를린의 명소인 아레나 베를린(Arena Berlin) 안의 글라스하우스를 지나면 나온다. 나무 덱 위에서 색색의 의자와 비치 타월을 깔고 선탠을 즐길 수 있는 여름 핫 플레이스. 다만 수심이 2.1미터에 달하므로 수영을 못하는 사람은 즐기기 어렵다. 아이들을 위한 수영장이 따로 있다. 야외 수영장은 9월까지 오픈한다.
Eichen Str.4/ +49-(0)30-533-2030/ 수영 08:00~24:00/ 입장료 4유로, 학생 3유로/ **arena-berlin.de/badeschiff**

뮈겔제 호수((Müggelsee)

베를린에는 시내를 관통하는 슈프레강과 약간 도시 외곽에 있는 하펠강, 그리고 80여 개의 호수가 있다. 사람들은 여름이 되면 슈프레 강변에서 일광욕을 즐기거나 조금 더 먼 호수로 가서 물놀이를 즐긴다. 바다가 없는 독일에서는 해수욕이 아니라 '호수욕'을 즐기는 것. 뮈겔제 호수는 베를린에서 가장 유명한 호수 중 하나다. 여름철이면 수영과 일광욕, 세일링, 카누 등을 즐기는 사람들로 가득하다. 워낙 큰 호수라 사람들이 몰리는 몇몇 큰 모래사장을 빼고 크게 북적대는 느낌은 없다.

⑮ 베를린에서 한식 잘하는 집 5

쵸이(Choi)

한식을 좋아하거나 좀 먹어본 독일 친구에게 참신한 고급 한식을 대접하고 싶을 때 가면 좋은 집. 베를린을 놀러 온 관광객의 입장이라면 1순위로 가진 않겠지만, 베를린에 친구가 있는 사람이라면 데려가기에 폼 나는 집이다. 조미료가 듬뿍 들어간 베를린 한식당의 음식에 질린 사람들에게도 위로와 기쁨을 선사해 주는 곳. 베지테리언을 위한 '신선', 생선으로 꾸린 '선비', 고기로 구성한 '수라' 등 세 가지 코스 요리가 있다. 가격은 인당 55유로. 와인과 함께 즐길 수 있는 구절판, 모둠전 등 단품 메뉴도 있다.
Fehrbelliner Str. 4, 10119/ choiberlin.de

크레이지 킴(Crazy Kims)

레스토랑 이름과 너무 잘 어울리는 여주인이 있다. 나이를 잊게 만드는 그녀의 패션 센스와 열정, 따스함이 넘치는 곳. 직원들은 항상 친절하고 웰컴 드링크로 내주는 보리차부터 반가운 집. 그때그때 만드는 반찬과 정성스레 지은 잡곡밥, 직접 만드는 물김치, 배추김치도 모두 한국의 정을 느끼게 한다. 서울보다 낫다는 칭찬을 받는 육개장과 소고기구이는 이미 유명 메뉴. 내게는 베를린에서 제일 맛있는 한식집이다. 메뉴의 가격대가 싼 건 아니지만 먹고 나면 하나도 아깝지 않은 퀄리티다. 64유로 하는 2인 세트 메뉴에는 국과 파전, 5가지가 넘는 반찬과 메인 바비큐 요리, 그리고 녹차 아이스크림이 포함된다. 배가 불러도 끝까지 싹싹 다 먹게 되는 집이다.

Muskauer Str. 13, 10997/ crazykims.de

곳간(Gokan)

크레이지 킴과 함께 베를린에서 가장 맛있다고 생각하는 한식집. 자식 교육 때문에 베를린에 왔다가 음식점까지 차리게 된 여주인의 집념이 담긴 곳이다. 모든 음식이 엄마가 해주는 음식처럼 담백하고 깔끔하다. 떡갈비와 김치찌개가 맛있다.

Leberstrasse 9, 10829/ gokanberlin.de

고고기(Gogogi)

한국에서 패션 스타일리스트로 활동하던 주인 마나가 디제이인 남편과 함께 베를린으로 이주해 만든 한식당. 그녀 특유의 패션 감각과 스타일을 잘 살린 한식당 고고기는 오픈 이후 바로 미테의 핫 플레이스가 되었다. 저녁 시간이면 야외 테이블까지 사람들이 가득 찰 만큼 인기가 많다. 김치찌개, 동래파전, 잡채가 맛있다. 베를린에 출장 온 한국 회사 직원들도 귀신같이 알고 와서 회식하는 곳.

Weinbergsweg 24, 10119/ gogogi.de

얌얌(Yamyam)

베를린에서 가장 처음 알았던 한식집. 독일 교포인 하수미 씨가 2007년에 문을 열어 그때부터 죽 현지인들의 사랑을 받아온 집이다. 패션과 예술 종사자들이 즐겨 찾는 곳이었으며 지금은 미테 지역의 터줏대감이 되었다. 한국인보다는 베를리너들의 입맛에 맞춘 스타일이라 만족감이 덜할 수 있지만, 10년 넘게 운영해온 노하우로 언제 찾아도 반가운 곳이다. 풍성한 비빔밥과 덮밥 종류는 늘 믿고 먹는 음식.

Alte Schöhauser Str.6, 10119/ yamyam-berlin.de

⑯ 바발리 베를린(Vabali Berlin)

큰 야외 정원과 건물 안에 인도네시아 발리에 있는 스파처럼 13개의 사우나실과 레스토랑, 바, 실내외 수영장, 마사지실 등이 있다. 들어갈 때 밴드를 채워주고 이 밴드로 모든 것을 결제한다. 안에서는 목욕 가운을 입는다. 수영복을 입는 스파가 아니다. 가운과 슬리퍼는 안에서 빌릴 수 있고, 집에서 가져와도 된다. '쪼리' 같은 비치 샌들을 챙기면 좋다. 사우나 내부는 한국과 비슷하다. 하지만 남자 여자 깨벗고 '같이' 들어간다는 게 큰 차이점이다. 모든 사우나는 아무 때나 이용할 수 있지만, 시간마다 특별 프로그램이 진행되기도 한다. 칠판에 쓰여 있는 스케줄을 보고 마음에 드는 사우나 프로그램을 찾아다니면 된다. 스파 단지가 크기 때문에 카운터에서 지도를 챙겨 갖고 다니는 것이 유용하다.

Seydlitzstrasse 6, 10557/ vabali.de

⑰ 테겔(Tegel) 호수

베를린 주변에 있는 호수 중 뮈겔제(Müggelsee)에 이어 두 번째로 큰 호수다. 테겔 공항과 가깝다. U6 알트테겔(Alt-Tegel)역에서 내려 호숫가로 오다 보면 다양한 풍경을 만난다. 요트 선착장도 많고 호숫가에는 맥주를 마실 수 있는 야외 카페도 여러 군데 있다. 모래사장이 있는 해수욕장도 두 군데 있다. 숲과 나무가 많아 산책을 하거나 어디서든 피크닉도 할 수 있다.

⑱ 녹티 파구스 다크 레스토랑(Nocti Vagus Dark Restaurant)

시각을 제외한 미각, 후각, 촉각, 청각으로 색다른 저녁을 즐길 수 있는 곳. 어둠 속에서 4코스 식사를 하는 블루 나이트(50유로)와 소리와 냄새, 촉감이 더해진 쇼가 포함된 식사(70유로)가 있다. 쇼는 라이브로 진행되어 스릴 넘치는 다이닝 경험을 할 수 있다. 음악이 중심이 된 로맨틱 이브닝 뮤직 디너와 크라임 디너, 호러 디너 중에서 고를 수 있다. 하지만 뮤직 디너를 제외한 크라임, 호러 디너쇼는 모두 독일어로 진행되기 때문에 관광객이 즐기기엔 한계가 있다. 비트 루트 카르파초가 나오는 스타터, 제철 식재료를 이용한 수프, 생선과 채식, 육식 중 고르는 메인 코스, 디저트와 식전주 한 잔이 포함된다.

Saarbrücker strasse 36-38, 10405/ unsicht-bar-berlin.de

몽키 바(Monkey Bar)

베를린 서쪽, 25 아워스 비키니 호텔 꼭대기에 있다. 이 바에서는 특이하게 통유리
창 너머로 동물원이 내다보인다. 계단식으로 되어 있는 자리는 동물원과 석양을
바라보는 사람들로 매일 밤 붐빈다. 해가 지는 무렵엔 주문하는 줄도 길다. 호텔
꼭대기에 있는 바치곤 가격도 합리적이라 사람들이 많이 간다. 혼자 가면 다소
뻘쭘한, 일행과 가면 더 즐거운 곳이다. 관광객도 많다. 바질 토닉 등 다양한 진토닉
칵테일이 맛있다.

Budapester Strasse 40, 10787/25hours-hotels.com

클룽케르크라니히(Klunkerkranich)

노이쾰른(Neukölln) 지역 아카덴(Arkaden) 쇼핑몰 주차장 꼭대기에 위치한
루프톱 바. 히피들의 숨겨진 아지트처럼 자연적이고 평화롭다. 삐걱거리는 나무
의자와 테이블이 가득한 야외 바, 옥상 한편에 만들어진 정원이 공존한다. 베를린의
낮고 많은 지붕 너머, 베를린의 상징인 TV 타워와 건물이 한눈에 내다보인다.
시야를 막는 고층 빌딩 하나 없이 고만고만한 높이의 건물들이 베를린의 지평선을
이룬다. 친구들과 몰려가 왁자지껄 맥주나 와인을 마시기 좋다. 주문하는 줄이 항상
길다. 찾아가는 길이 쉽진 않다. 쇼핑몰 주차장 엘리베이터를 타고 꼭대기 층에서
내린 다음 경사진 길을 올라가면 바가 나온다. 관광객의 레이더에서는 여전히 조금
벗어난 곳.

Karl-Marx-Str. 66, 12043/ klunkerkranich.de

뷔르겡겔(Würgeengel)

베를린을 처음 갔을 때도 있었고 지금도 있는 바. 내겐 '베를린'하면 떠오르는
곳 중 하나다. 1920년대 유행했던 천정 장식과 핏빛에 가까운 레드 벨벳 의자가
고풍스럽다. 베를린에서는 이제 거의 보기 힘든 정복 차림의 웨이터를 볼 수 있다.
루이스 부뉴엘 감독의 1962년 영화 <절멸의 천사(El Angel Exterminador)>
의 독일어 제목이 <Der Würgeengel>이다. 뷔르겡겔, 당최 발음하기가 쉽지
않다. 철학적이고 역사적인 이름 때문인지 대체로 손님은 나이대가 있는 편이다
(크로이츠베르크의 젊은 힙스터들은 루치아(Luzia)로 간다고). 타파스와 와인,
칵테일을 마시기 좋다. 역시 고전 영화에서 이름을 딴 '오르페 니그로', 부뉴엘
감독이 매일 마셨다는 '부뉴엘니' 등 색다른 이름의 오리지널 칵테일을 파는 곳.
뷔르겡겔은 크로이츠베르크의 전설이 되어가고 있다.

Dresdener Strasse 122, Kreuzberg/ wuergeengel.de

봉봉바(BonBon Bar)

베를린에서 가장 글래머러스한 부티크 바 중 한 곳. 값비싼 가죽 소재와 벨벳 소파, 북유럽 풍 소품이 한껏 고급스러운 분위기를 낸다. 입구 쪽에 있는 테라스 소파 자리는 언제나 경쟁이 치열한데 이곳에 앉아서 보내는 밤은 늘 '찐하고' 섹시하다. 봉봉 바에서 꼭 가봐야 할 곳은 다름 아닌 화장실. 남녀 구분 없이 쓰는데, 칸마다 상상도 못한 사운드가 흘러나온다. 볼 일을 보는 내내 여자의 신음 소리가 난다든지, 여러 사람이 한꺼번에 놀리듯 웃는 소리가 나오는 식. 엉뚱하고 발칙한 사운드로 뜻밖의 위트를 선사하는 이곳은 베를린이라서 더 어울리는 곳. 모처럼 기분도 내고 멋도 부리고 싶을 때 가면 즐겁다.

Torstrasse 133, 10119/ bonbonbar.de

오라(Ora)

1860년대에 지어진 약국을 바로 만든 곳. 나무로 만든 약장과 낡은 약병들이 투명한 술잔과 어우러져 오묘한 분위기를 풍긴다. 오래된 약국 간판도 그대로 있다. 낮엔 커피, 주말엔 브런치도 즐길 수 있지만, 오라는 술 마시러 가야 제맛. 가격대가 있는 편이라 현지인은 저녁 식사를 하러 가지는 않는다. 정통 칵테일부터 시즌마다 선보이는 크래프트 칵테일이 유명하다. 분위기 있게 칵테일 한두 잔 마시기 좋은 바.

Oranienpl. 14, 10999/ ora.berlin

㉑ 유럽에서 식료품비가 가장 싼 나라, 독일의 슈퍼마켓 체인 6

레베(REWE)

여행자에게 가장 유명한 슈퍼마켓. 알디나 리들 같은 할인 마트보다 비싸지만 그만큼 상품이 다양하고 질도 좋다. 유기농, 비건, 지역 농산물 등 선택지가 넓고, 제품도 다양하다. 저렴한 자체 브랜드 야(Ja)가 있어 싸게 살 수 있는 상품도 많다.

rewe.de

에데카(EDEKA)

상품 수가 많고 진열이 잘되어 있다. 자체 에데카 브랜드 상품의 질이 기대 이상으로 뛰어나다. 고기는 우리나라 정육점처럼 원하는 부위의 육류를 원하는 만큼 살 수 있다. 맛있는 삼겹살을 구워 먹고 싶을 때는 에데카 육류 코너로. 레베와 함께 와인 종류도 가장 많고 유기농 제품도 다양하다.

edeka.de

알디(Aldi)

진열된 상품의 90%가량이 알디 자체 브랜드 상품이다. 적절한 품질의 물건을 매우 저렴하게 파는 할인마트. 다른 마켓에서 흔히 볼 수 있는 브랜드 제품이 많이 없는 게 단점이라면 단점. 단일 품목 당 한 가지 상품만 팔기 때문에 선택지가 좁다. 매장 인테리어나 진열에 돈을 쓰지 않아 진열도 단순하다. 육류는 상대적으로 싸지 않을 때도 많으니 가격을 확인할 것.

페니(Penny)

레베나 에데카를 가다가 페니나 알디를 가면 확실히 매장 분위기가 어수선하다. 상품 종류는 적지만, 브랜드 상품이라면 레베나 에데카보다 싼 게 장점이다. 5유로 넘는 와인이 거의 없다. 상큼한 식전주인 아페롤(Aperol)을 자체 브랜드로 만들어 파는데 가격이 2.99유로밖에 안 한다. 싼 맛에 먹기 좋다.

데엠(DM)

올리브영 같은 드러그스토어. 의사 처방이 필요 없는 각종 약과 비타민, 식료품, 건강식품, 화장품 등을 판매한다. 독일 기념품을 저렴하게 마련하기에도 좋은 곳. 자체 건강 브랜드 상품인 미볼리스(Mivolis)와 자체 생활용품 브랜드인 발레아(Balea)는 저렴한 가격에 품질도 썩 괜찮다. 미볼리스 발포 비타민, 발레아 핸드크림, 디아데르마(Diaderma) 당근 오일 등은 독일 여행자들이 디엠에서 꼭 사 가는 기념품 리스트.

로스만(Rossmann)

데엠에 이어 독일에서 두 번째로 큰 드러그스토어. 각종 비타민제 브랜드 알타파르마(Altapharma), 샴푸와 화장품 등의 자체 생활용품 브랜드 이사나(Isana), 유아 케어 제품으로 유명한 베이비드림(Babydream), 페나텐 등이 모두 로스만의 자체 브랜드 상품으로 유명하다.

㉑ 빈 병으로 돈 벌기, 독일 판트(Pfand) 과정에 대하여

1 레베, 에데카, 알디 같은 대형 슈퍼마켓에서 빈 병을 환급받을 수 있다. 판트 기계가 있는지 확인할 것.
2 페트병, 유리병, 캔 등 판트 표시가 되어 있는 건 모두 환급받을 수 있다.
3 가급적 바코드를 훼손하지 말고, 페트병은 찌그러트리지 말고 가져가는 것이 좋다.
4 가져간 병을 다 넣으면 영수증이 나오고, 그 영수증을 해당 슈퍼마켓에서 현금처럼 쓸 수도 있고, 기부금으로 낼 수도 있다.
5 판트가 되지 않는 빈 병들은 동네 곳곳에 있는 빈 병 회수 컨테이너에 버려야 한다.

㉒ 게오르크 콜베(George Kolbe) 뮤지엄

게오르크 콜베는 독일 현대 조각사에서 가장 중요한 인물로 평가받는다. 1900년대 초부터 베를린에서 머물며 작품 세계를 선보였으며, 1912년에 발표한 '춤추는 여인(Die Tänzerin)'으로 이름을 알리기 시작했다. 1920년대는 그의 최고의 전성기였다. 팔을 올리거나 벌리고 있는 등의 율동적인 움직임의 순간을 표현한 조소가 많다. 나치 정권에서도 계속 창작 활동을 한 경력을 문제 삼는 이들도 있지만, 당시 퇴폐 미술가로 분류된 동료 예술가들을 도와주는 데 헌신했다. 단정한 벽돌 건물과 숨겨진 듯 아름다운 정원에서 그의 조각들을 감상하는 시간이 무척 평화롭다.

Sensburger Allee 25, 14055/ georg-kolbe-museum.de

㉓ 꼭 먹어봐야 할 독일 음식 3

독일식 파스타, 케제슈페츨레(käse spätzle)

독일 남부 슈바벤 지역에서 옛날부터 전해 내려온 전통 음식이 슈페츨레다. 간단하게 말하면 독일식 파스타인데, 슈바벤 지역에서 유독 다양한 모양과 재료의 슈페츨레 면 문화가 이어져 왔다. 반죽한 밀가루를 바로 뜨거운 물 위에 떨어뜨려 면으로 만드는데, 이때 전용 국수 틀을 얹어서 면의 모양을 만든다. 스파게티 면처럼 기다란 모양도 있고, 모양이 동그랗고 짧은 크뇌플레 면도 있다. 따뜻한 슈페츨레 면에 치즈를 녹여 얹으면 케제슈페츨레가 된다. 슈페츨레 면은 생각보다 탄력이 적고 식감이 부드럽다. 면이라기보다는 수제비에 가깝다. 그레이비소스에 넣어 먹거나 치즈를 녹여 먹으면 된다.

독일식 돈가스, 슈니첼(schnitzel)

고기에 빵가루를 묻혀 튀긴 음식. 돼지고기, 닭고기, 소고기, 칠면조까지 다양한 고기를 사용해 만든다. 우리가 아는 돈가스와 다른 점이라면 아무런 소스 없이 달랑 레몬 한 조각 뿌려 먹는다는 것. 먹다 보면 목이 멜 정도로 퍽퍽할 때도 있다. 샐러드나 사우어크라우트 등의 사이드 음식이 꼭 필요하다. 송아지 고기를 얇게 잘라 부드럽게 다진 비너 슈니첼이 정통이지만 돼지고기 슈니첼도 많이 먹는다.

독일식 피자, 플람쿠헨(flammkuchen)

스벤이 케제슈페츨레와 함께 잘 만드는 음식. 스벤이 태어난 서남부 독일 지역의 유명 음식으로 이곳과 국경을 맞댄 프랑스 북동부 지역까지 포함한 알사스 지방의 전통 음식이다. 밀가루 도 위에 크렘 프레시를 골고루 바른 후 다양한 토핑을 얹어 오븐에 구우면 된다. 양파와 베이컨만 넣는 것이 정석이지만, 참치나 연어와 양파 등으로 토핑을 바꿀 수 있다. 슈퍼마켓에선 아예 만들어진 냉동 플람쿠헨을 판매하는데 만들기 간단하고 맛도 훌륭하다.

㉔ 블라블라카(BlaBlaCar)

목적지나 방향이 같은 사람들이 한 대의 승용차에 같이 타고 가는 카풀링. 직장이 먼 사람들이 함께 출퇴근을 하거나 같은 지역 사람들이 같은 목적지를 가고자 할 때 주로 쓰인다. 차량 소유자에게 일정 비용을 지불하며 기차나 비행기를 이용하는 것보다 저렴하다. 1인당 교통비는 물론, 여러 명이 공유하므로 환경오염을 줄이는 이점도 있다. 블라블라카는 유럽에서 널리 쓰이는 카풀링 앱이다. 카풀링을 제공하는 사람의 이름과 연락처가 공개되고, 이용자의 이름과 연락처도 공개된다. 카풀 제공자는 비흡연자, 여성만 탑승 등등으로 옵션을 만들 수 있다. 이용자는 카풀 제공자에 대해, 카풀 제공자는 이용자에 대해 리뷰를 남길 수 있고 평점이 매겨진다. 평점이 높을수록 안심하고 이용할 수 있다.

blablacar.com

㉕ 뮈리츠(Müritz) 호수

독일 북부의 메클렌부르크-포어포메른주에 있는 호수. 독일에서 가장 큰 호수는 보덴 호이지만 이 호수는 오스트리아와 스위스에 걸쳐 있다. 독일 안에 있는 호수로만 따지면 뮈리츠가 제일 큰 호수다. 수로를 이용해 뮈리츠에서 함부르크나 베를린까지 갈 수도 있다. 호수 주변엔 같은 이름의 국립공원이 있고, 세 개의 큰 도시가 있다. 그중 가장 큰 도시가 바렌(Waren)이다.

㉖ 바우하우스(Bauhaus)

1919년 건축가 발터 그로피우스가 독일 바이마르에 설립한 예술 학교. 건축을 중심으로 예술과 기술의 통합을 시도한 세계 최초의 디자인 교육기관이자 그 자체로 획기적인 예술운동이었다. 1925년 데사우를 거쳐 베를린으로 학교를 옮겨왔으나 1933년 나치주의자들의 반대로 폐교됐다. 독일에서 바우하우스가 존재한 건 14년뿐이었지만, 이후 현대식 건축과 디자인에 지대한 영향을 끼쳤다. 바우하우스 디자인의 큰 특징은 기능을 위해 불필요한 요소를 없애고 꼭 필요한 요소만 남기는 형태미를 추구한 것이다. '형태는 기능을 따른다'는 말처럼 단순화된 디자인과 기능적 형태미를 중요시했으며, 이는 전 세계 산업디자인의 시대를 열어주는 시작이 되었다. 비우하우스 시대의 대표적인 작품으로는 마르셀 브로이어의 '바실리 체어', 마리안네 브란트의 'MT49 찻주전자', 빌헬름 바겐펠트의 조명등 등이 꼽힌다. 시대를 초월한 아름다움과 현대적인 세련미를 보여주는 바우하우스의 디자인은 우리 생활 곳곳에 익숙한 스타일로 녹아 있다.

㉗ 바우하우스 아카이브(Bauhaus-Archiv)

2019년은 바우하우스가 설립된 지 100주년이 되는 해였다. 독일뿐 아니라
세계 여러 도시에서 다양한 전시와 기념행사가 이어졌다. 하지만 몇 년째 공사
중인 베를린의 바우하우스 아카이브는 100주년으로 세계가 떠들썩할 때에도
여전히 공사 중이었다. 100주년이거나 말거나 때 되면 연다 싶은 태도가 지극히
베를린답다. 서울이라면 어떻게 해서라도 100주년 기념에 맞춰 오픈을 하고
말았겠지. 바우하우스 아카이브는 1964년 발터 그로피우스가 처음 고안한 디자인을
토대로 세워졌다. 독특한 톱날지붕이 인상적인 건물로 내부에는 바우하우스 사조와
관련된 문서, 사진, 영상, 도서, 작품 등 방대한 자료가 있다. 건물 내에는 디자인
숍과 카페도 있다. 기존 박물관 보수와 신규 건물 공사는 2021년 완공 예정이다.
Klingelhöferstrasse 14, 10785/ bauhaus.de

㉘ <스트레인저 씽즈(Stranger Things)>

넷플릭스 오리지널 드라마 중 가장 많은 시청자가 보고, 최고의 평가를 받은
시리즈다. 2016년에 첫 시즌을 시작해 현재 세 번째 시즌까지 나온 상태. 현실과
현실 밑의 뒤집힌 '업 앤 다운' 세계에서 일어나는 기묘한 일들을 어린 주인공들이
파헤쳐 가는, SF와 호러, 미스터리가 결합된 드라마다. 네 명의 소년과 한 명의 소녀
(초능력을 발휘할 때마다 코피가 나는)가 주인공으로 등장하며, 마을에 숨겨진
연구실과 그곳에서 벌어지는 비밀 실험, 초자연적 현상과 초능력, 괴물까지 등장해
기괴하고 흥미진진한 이야기를 펼친다. 긴장감 넘치면서도 탄탄한 스토리가
압권이며, 유쾌하고 유머러스한 구성 또한 돋보인다. 1980년대의 팝송을 중심으로
한 드라마 OST는 <스트레인저 씽즈>를 특별하게 만든 또 하나의 걸작. 아직
넷플릭스에 발을 담그지 않은 사람이라면 1순위로 추천한다. 다 좋은데 <기묘한
이야기>라는 번역 제목은 아무래도 마음에 들지 않는다.

동미_ 누군가를 만날 줄 몰랐던 여름, 베를린

1판 1쇄 인쇄 2020년 8월 20일
1판 1쇄 발행 2020년 8월 26일

지은이 이동미

펴낸이 정기영
편집장 정규영
디자인 황중선
마케팅 정대망
교정교열 최현미
리터칭 한상무

펴낸 곳 모비딕북스
출판등록 2019년 1월 5일 제2020-000046호

주소 서울시 마포구 신촌로2길 19 플랫폼P
전화 070-4779-8822 / 02-798-9866(7)
이메일 jky@mobidickorea.com
홈페이지 www.mobidickorea.co.kr
페이스북 www.facebook.com/mobidicbook
인스타그램 mobidic_book
유튜브 mobidicbooks

한국어판 출판권 (주)모비딕커뮤니케이션

ⓒ 이동미, 2020

ISBN 979-11-966019-4-2

인쇄/조판 (주)예인미술
경기 파주시 문발로 459